MATHIEU FORTIN

# NOZOPHOBIA

Retrouvez-nous sur www.kenneseditions.com
Rejoignez-nous sur notre page Facebook : www.facebook.com/KennesEditions
Suivez-nous sur notre compte Instagram : kenneseditions



Publié avec les autorisations des éditions Bayard Canada Livres inc., Montréal, Québec, Canada

Direction éditoriale : Sylvie Roberge
Direction littéraire et artistique : Thomas Campbell
Révision : Madeleine Vincent
Conception de la couverture : Dorian Danielsen
Mise en page : Mardigrafe


Rue de la Blanche Borne 15
6280 Gerpinnes (Loverval) – Belgique

Dépôt légal : mars 2023 – D/2023/13.105/19

ISBN : 978-2-3807-5892-4
NUART : 41-2012-6

Imprimé en Europe



Loi n° 49-956 du 16 juillet 1949 sur les publications destinées à la jeunesse

MATHIEU FORTIN

# NOZOPHOBIA

Kennes

À tous ceux qui, comme moi, seraient classés
dans les Déréglés…

J'ai grandi à Nozophobia.

Ma société était obsédée par une seule chose : la maladie.

Ma ville avait la forme d'un cercle divisé en différentes zones.

Au centre se trouvait l'Agrégateur, une tour avec un puissant champ de force qui nous isolait de l'extérieur. C'était la résidence des Miersk, la famille dirigeante des Nakagha, fondatrice de Nozophobia. Autour de cette tour se déployait le secteur industriel avec les laboratoires d'analyse de Don et de production de médicaments.

À l'ouest, la Normzone couvrait les trois quarts du territoire et abritait la classe dominante des Norms. Les habitations étaient regroupées en quartiers autour d'un poste de Désinfecteur contenant entre cinq à dix escadrons de police, selon la population. Notre classe subissait quotidiennement des tests sanguins pour s'assurer que nous ne souffrions d'aucun dérèglement.

Si nous étions diagnostiqués d'une maladie incurable non contagieuse, nous étions automatiquement considérés comme Déréglés. Nous étions alors déportés au Nord, dans la Dézone. Cette section avait la forme d'un quart de cercle. Le quotidien y était plus difficile, car beaucoup de Déréglés perdaient le goût de vivre après avoir été stérilisés, pour éviter qu'ils ne transmettent leur tare. Une carte d'identité de Désinfecteur était nécessaire pour pénétrer dans la Dézone ou pour sortir de la Normzone.

Mais ce que tout le monde craignait par-dessus tout, c'était l'empeste. Une infection dégénérative mortelle créée comme arme bactériologique. Les Empestés étaient rejetés en dehors de Nozophobia, hors des murs protecteurs, au milieu de la nature sauvage.

C'est ce qui est arrivé à mon père.

C'est du moins ce que je croyais…

# 1

Aujourd'hui, je connaîtrai le résultat de la sélection ! Je suis tellement excité à l'idée de devenir Désinfecteur que je n'ai presque pas dormi. À mon réveil, tout est silencieux dans la maison.

Je sors sur le balcon arrière pour admirer les lueurs orangées du lever de soleil, vêtu seulement de mon pantalon de pyjama. Je m'étire dans le miroitement des lumières matinales, sans me douter que je ne suis pas seul.

– Tu as l'intention de rester dans mon champ de vision longtemps ? Parce que c'est un beau spectacle que tu m'offres là !

Je me retourne en entendant la voix de Livia. Ma voisine, d'une dizaine d'années mon aînée, m'a surpris, car je suis habituellement seul quand je sors à cette heure-là.

– Oh, Livia, je ne t'avais pas vue.

– Je m'en doute bien, Val, sinon, tu ne resterais pas planté là. Tu auras le résultat des sélections aujourd'hui ?

– Qui te l'a dit ?

– Ta mère, hier. Elle avait l'air très excitée à l'idée que tu deviennes Désinfecteur.

– Je pense que c'est plus important pour elle que pour moi.

Livia me sourit :

– Je te souhaite bonne chance, en tout cas.

Je la remercie, car j'entends du bruit dans la maison. En franchissant la porte, je me penche juste à temps pour attraper ma petite sœur qui s'élance dans mes bras.

– Val ! C'est aujourd'hui que tu deviens grand !

– Hé, Béa, on va espérer que tu as raison ! Viens, on doit se préparer pour l'école.

Je saute dans la douche pour entamer ma routine matinale. Je prends le savon qui m'est réservé et qui garantit le meilleur rendement de nettoyage en fonction de mes hormones. Dans deux mois, je devrai le faire calibrer de nouveau : quatre fois par année, à l'adolescence, toutes nos variables sont réévaluées pour s'assurer que tout est fait pour que nous soyons en pleine santé. Grâce à ce savon, je réduis les risques de développer des infections bactériennes, tout en procurant à mon système immunitaire le plus de défenses possible.

En sortant, je m'asperge d'une couche d'antiseptique, pour me protéger encore plus, et j'avale les deux cachets obligatoires, qui contiennent une partie des vitamines et des nutriments dont j'ai besoin. J'enfile ensuite mes vêtements standards d'écolier, soit le pantalon gris et le t-shirt blanc, comme tous les autres Norms qui fréquentent les écoles de Nozophobia.

Je lève la main pour mon Don, le prélèvement matinal que nous faisons tous les jours, mais je m'arrête quelques instants. Après tout, on ne prend jamais le temps de réfléchir à l'importance de cette action. Les quelques gouttes de sang qui seront prélevées, en quelques secondes, renferment les enzymes qui distinguent les Norms et les Déréglés des Empestés.

Ce matin, mon geste est lourd de sens. C'est peut-être la dernière fois que je le fais avant de devenir Désinfecteur. Si je suis sélectionné, je me retrouverai encore plus lié à cet acte, car je serai amené à me rendre chez ceux pour qui ce geste signifie, en quelque sorte, un arrêt de mort.

Chaque jour, nous sommes une dizaine de milliers à confier notre vie aux résultats des analyses. Je me plie quand même au rituel, comme tout le monde. J'appose mon index sur la plaque enchâssée dans le cadre de porte. Je sens à peine l'aiguille qui me perce la peau tellement elle est mince.

Pour le petit-déjeuner, Béa et moi engloutissons la bouillie grise, adaptée à notre métabolisme, qui constitue la grande majorité de notre alimentation. C'est sans goût particulier et d'une texture homogène, qui s'avale rapidement, sans mastication. Je m'assure que Béa a tout mangé et nous quittons la maison.

Ma mère n'est pas là ce matin : elle travaille de nuit dans la zone des systèmes de filtration, qui fonctionnent jour et nuit. Je m'occupe souvent de ma petite sœur. Je supervise ses prélèvements, je veille à ce qu'elle prenne ses médicaments préventifs, je vérifie qu'elle a tout son matériel pour l'école… Depuis que mon père n'est plus là, nous nous débrouillons tous les trois, avec beaucoup d'entraide et de compromis.

En sortant de la maison, nous nous dirigeons vers nos écoles, à commencer par le Centre d'ajustement local d'éducation de base, le CALEB, où les enfants comme Béa apprennent les connaissances scolaires de base.

Ici, toutes les habitations sont identiques : leurs façades sont minces, collées les unes aux autres, pour économiser de l'espace et de l'énergie. Elles disposent de deux étages et d'un balcon au deuxième. On dit que cet arrangement rappelle certaines grandes villes nord-américaines d'avant Nozophobia.

Le CALEB est au centre du quartier : toutes les maisons sont placées en cercles concentriques autour de l'école. Nous marchons donc dans un rayon de soleil imaginaire dessiné au sol, avec l'école en son milieu et les maisons tout autour.

Le trajet me semble long ce matin, parce que j'ai déjà hâte d'être cet après-midi, pour l'annonce des résultats de la sélection. Je sais que la matinée sera consacrée à l'étude des conflits asiatiques qui ont précédé la Troisième Guerre mondiale.

Lorsque nous arrivons au CALEB, Béa se colle contre moi pour me souhaiter une bonne journée. Je reprends mon chemin vers mon école, une unité de formation régulière et d'apprentissage personnalisé, surnommé UFRAP. J'y suis des cours et on m'envoie en stage en milieu de travail, supervisé par un Mestre.

Comme je veux devenir Désinfecteur, je suis orienté par défaut vers des parcours parallèles, car ce métier appelle beaucoup de vocations, mais peu de Nozophobiens sont sélectionnés.

Évan, mon meilleur ami, m'attend en dehors de la cour de l'école, en compagnie de Simane, sa sœur cadette. Dès que je me trouve devant eux, Évan me frappe l'épaule en guise de bonjour. Simane me sourit. Je sais qu'elle aimerait qu'on soit plus que des amis, mais je n'ai pas envie d'aller dans cette direction-là avec elle.

– Tu es prêt pour tes épreuves de l'après-midi ? me demande Évan.

Il porte son uniforme de Désinfecteur, gris clair, décoré d'un grand V vert en travers de la poitrine. Le vert est la couleur du plus jeune grade d'une unité de Désinfecteurs. Si je suis sélectionné, ce sera ma teinte.

Il n'y a qu'une seule affectation de Désinfecteur ouverte en ce moment dans tout Nozophobia. La compétition est féroce pour l'obtenir, d'où la tenue d'épreuves de sélection.

– Tu es de garde, aujourd'hui ?

– Oui, j'ai cette chance, répond Évan. Pas de cours d'histoire pour moi !

Je trouve ça dommage : l'école passe beaucoup plus vite quand Évan est là. Ses petits commentaires en classe détendent toujours l'atmosphère. Mais depuis son recrutement, il bénéficie d'exemptions pour certains apprentissages. Il doit cependant performer dans les cours auxquels il assiste, parce qu'un échec scolaire lui enlèverait son statut de Désinfecteur. Et une fois ce privilège perdu, impossible de le retrouver. Il doit donc étudier doublement, en plus de l'entraînement qui n'arrête jamais.

– Allez-y, vous allez être en retard, nous nargue Évan alors qu'il se dirige vers l'escalier du poste.

Simane lui envoie une grimace, puis nous progressons ensemble vers l'école. C'est comme ça tous les matins : Évan et sa sœur quittent l'orphelinat, en bordure du mur de Nozophobia, pour se rendre jusqu'au centre de notre quartier, où se situe le poste auquel est affecté Évan. Je marche ensuite avec Simane, ou avec les deux, jusqu'à l'école.

– Tu es nerveux ? me demande Simane, après un moment de silence.

– Non, ça va. Je suis fébrile, c'est sûr. Je sais que je me suis bien débrouillé aux épreuves physiques. C'est le test du dilemme moral que j'ai trouvé plus difficile.

– Pourquoi ?

– Il fallait choisir l'ordre des étapes dans une intervention, en justifiant nos choix.

Simane me sourit :

– Je suis certaine que tu as bien choisi.

– Merci.

Nous arrivons à l'école et, comme les cours débutent, nous nous séparons pour nous rendre chacun à notre classe. C'est parti pour une matinée d'histoire peu palpitante.

# *La guerre virale*

Vers la fin du XXIe siècle, une paix relativement stable avait été établie par les grandes puissances. Quelques pays ou alliances de nations dominaient différentes parties du monde. La prospérité semblait assurée pour la grande majorité des régions du globe.

Les États-Unis d'Amérique, l'Union des pays sous influence russe, la Fédération des Africains libres, l'Arabie Unie, l'Ouest-Europe et la Grande Chine se divisaient le globe.

Outre quelques conflits territoriaux aux grandes frontières, le commerce contrôlait le monde, et la circulation des biens assurait une paix durable.

Cependant, dans certains pays, on se souvenait des indépendances passées. Le Japon refusait de commercer avec la Chine, son ennemi héréditaire. En Corée du Nord, on se rappelait les tentatives du début du siècle pour devenir une puissance nucléaire. Les survivants de la Corée du Sud ne pardonnaient pas à leurs voisins du Nord d'avoir décimé 90 % de leur population avec des armes de destruction massive.

Le premier conflit a été celui opposant la Chine et le Japon. Tous les territoires sous domination chinoise se sont révoltés. Les guerres asiatiques ont fait rage et se sont rapidement répandues aux pays sous influence russe.

Une grippe a été utilisée comme arme virale en premier. Cette utilisation d'une souche virale mortelle et contagieuse a provoqué une escalade sans précédent. Dans la première année de ce qui devenait la Troisième Guerre mondiale, en 2122, environ 40 millions de personnes sont mortes de la grippe.

Et ce n'était que la première arme virale. La variole, le virus Marburg, la fièvre jaune ont été utilisés par la suite. Les vies humaines n'avaient plus d'importance: le contrôle du territoire et des ressources était ce qui importait le plus.

Chaque pays vaccinait à toute vitesse ses dirigeants et ses soldats, mais personne n'avait prévu le fléau contre lequel rien n'était efficace: l'empeste.

VM

# 2

J'arrive dans la classe en dernier. Mon superviseur d'histoire, monsieur Grif, m'accueille d'un sourire.

Quand je suis assis, il s'adresse à toute la classe :

– Vos apprentissages sont programmés dans vos postes personnels. Je serai dans mon local de préparation pour m'assurer de la bonne marche de l'acquisition de vos connaissances.

Monsieur Grif sort et nous laisse seuls. Les premiers à enfiler le module facial sont toujours les mêmes, les plus studieux, ceux qui visent un travail d'analyste ou de chercheur en santé publique.

Je n'aime pas enfiler mon Immerseur perso, mais je n'ai pas le choix : je porte le masque à mon visage. J'attache les modules de sons à mes lobes d'oreilles, mon nez se dépose sur le stimulateur olfactif et les lunettes de vision holographiques se placent devant mes yeux.

Juste avant que mon Immerseur ne soit totalement ajusté à mon visage, j'aperçois du coin de l'œil du mouvement par la fenêtre de la classe. Voilà qui est inhabituel. Je repousse le masque et je lève la tête pour confirmer ce que je vois. J'en ai un frisson dans le dos : c'est un escadron de dix Désinfecteurs.

C'est celui d'Évan et ils transportent une cuve d'isolement portative. Cela signifie qu'ils viennent arrêter un Déréglé ou un Empesté. Ce matin, lors de l'analyse des prises de sang, des molécules suspectes ont été trouvées. Les Désinfecteurs viennent isoler l'élève ou l'enseignant malade. Ils amèneront cette personne dans l'une des cellules de quarantaine de la Normzone pour lui faire subir des tests complémentaires.

– Oh non…

J'ai chuchoté, mais c'est suffisant pour provoquer un mouvement de masse. D'autres commencent à dresser la tête et à regarder vers l'extérieur. Les Désinfecteurs se sont arrêtés devant le terrain. Ils ont ouvert la cuve de quarantaine pour qu'elle soit prête à recevoir le Déréglé qui se trouve à l'école. Déréglé, jusqu'à preuve d'empeste.

Les Désinfecteurs marchent vers l'entrée. Dans la classe, plus personne n'est assis devant son écran d'apprentissage individuel : tout le monde s'attroupe à la fenêtre pour voir dehors. Quand les Désinfecteurs disparaissent de notre champ de vision, nous reprenons tous nerveusement nos places.

Qui d'entre nous sera arrêté ? Je suis stressé. L'arrivée des Désinfecteurs n'est jamais une bonne chose. Et si c'était moi qui étais en danger ? Si on m'arrête, serai-je classé Déréglé ? Au moins, je vivrais, car si je suis considéré comme Empesté, on me conduira au milieu de nulle part. Cela équivaudra à une sentence de mort. Mais les Désinfecteurs ne tuent pas, ils extraient les malades de notre société.

Je sais que tous les autres élèves pensent à la même chose que moi. La tension dans la salle est palpable pendant que nous attendons, assis à nos stations personnelles. Personne ne peut faire semblant d'étudier dans une telle situation. J'imagine d'ailleurs qu'il en est de même dans les autres classes.

La porte de la classe s'ouvre. Monsieur Grif entre et se place sur la scène centrale :

– Ne paniquez pas. Restez calmes. On ne sait pas du tout pour qui ils sont ici. Contrôlez vos réactions pour éviter l'esclandre. Vous ne pouvez malheureusement pas changer l'inéluctable.

Des élèves observent subtilement leur écran, où la définition des termes vient d'apparaître :

- « inéluctable » = contre quoi il ne sert à rien de lutter ;
- « esclandre » = accident fâcheux ou manifestation orale provoquant des conséquences funestes.

Peu importe qui est la cible des Désinfecteurs, cette personne ne peut altérer son destin.

Nous attendons de savoir quelle porte va s'ouvrir. Les pas des Désinfecteurs nous parviennent de loin. Ils ne s'arrêtent pas, signe qu'ils ne sont toujours pas arrivés à la bonne classe.

Le temps passe, dans une tension de plus en plus oppressante. Les pas des Désinfecteurs se rapprochent. Le martèlement de leurs bottes qui frappent le sol résonne comme autant d'arrêts de mort.

Ils ont franchi l'escalier : ils s'approchent des classes des élèves de quatorze à seize ans.

Les pas s'immobilisent devant notre porte. C'est ici, dans notre groupe.

Ce n'est pas long avant que la porte ne s'ouvre et, pourtant, ce moment entre l'arrêt des bruits de pas et l'ouverture de la porte me paraît une éternité.

Ils entrent tous, Évan en dernier. Il ne doit pas être très heureux d'être là, mais il est présent pour accomplir son travail. Si je l'interroge sur ses sentiments, il me dira qu'il ne regrette pas d'être Désinfecteur, qu'il savait que le boulot amenait son lot de dilemmes moraux.

Évan est entraîné à ne pas montrer ses émotions. Son visage est neutre, même si je me doute qu'à l'intérieur, il va exploser.

Mon ami évite de croiser mon regard. Il fixe le vide, au loin, comme s'il désirait s'assurer de ne pas regarder la personne malade avant l'annonce officielle. Habituellement, les Désinfecteurs qui connaissent un sujet de quarantaine ne participent pas à l'arrestation.

Par contre, comme Évan est vert, il ne peut pas être mis à l'écart. Vivre l'arrestation d'une personne qu'il connaît est la pire situation pour un Désinfecteur. On nous l'apprend pendant les périodes d'entraînement : tous les Désinfecteurs sont confrontés à cette situation un jour ou l'autre.

Évan s'interdit de me regarder, mais il ne peut retenir un coup d'œil oblique vers ma voisine de station juste avant que le capitaine annonce :

– Corrie Larcoue, veuillez vous avancer.

# 3

Un long cri me perce les tympans. Corrie, une grande blonde, hurle avec une voix suraiguë.

Elle se dresse en renversant sa chaise pendant que les Désinfecteurs l'encerclent. Évan, lui, dégaine son pistolet à tranquillisant et surveille la porte, en retrait, le visage neutre.

J'ai une boule d'émotion dans la gorge. Je ne me sens pas bien.

Cette fille, Corrie, je la connais depuis la petite enfance, même si elle n'est pas mon amie. Et là… elle sera amenée en isolement et je ne la reverrai peut-être jamais.

Mais je ne vais pas larmoyer devant le capitaine et les autres. Je dois rester fort et montrer que je suis prêt, moralement, à devenir Désinfecteur.

Les agents s'approchent de Corrie, qui commence à reculer. Elle ne peut pas se sauver, mais elle lève ses mains, comme si elle désirait les implorer.

– Je ne veux pas être une Empestée ! Ne m'amenez pas dans la forêt ! s'exclame-t-elle.

Elle répète ces deux phrases en boucle. Tous les regards sont tournés vers elle. Je perçois du mouvement du coin de l'œil. Il va se passer quelque chose…

Les arrestations se déroulent rarement bien, même si nous savons tous que les gens sont mis à l'écart pour le bien de notre survie. Les protestations, les dénis, les coups et les blessures sont monnaie courante pendant les interventions des Désinfecteurs.

Corrie fréquente Jasob, bien qu'ils n'aient pas encore demandé une permission officielle de fréquentation. Je le sais, parce que je les ai déjà vus marcher main dans la main, mais personne d'autre dans la classe ne connaît leur secret.

Les Désinfecteurs ne le savent pas, Évan non plus.

Si mon ami l'avait su, il l'aurait déjà mentionné à son capitaine.

Sans même y penser, je m'écrie « Attention ! » en pointant le doigt vers le Désinfecteur le plus près de Jasob.

C'est trop tard. Jasob est grand et fort. Il charge le Désinfecteur dans le dos.

Jasob, tout en muscles et en puissance, porté par l'énergie du désespoir, frappe de toutes ses forces.

Je comprends son intention de protéger Corrie, mais

son intervention est vouée à l'échec.

L'affreux craquement me résonne dans les oreilles quand le Désinfecteur se plie en deux sous l'impact. Jasob tente de dégainer l'arme de sa victime.

C'est évident qu'il ne pourra parvenir à saisir le pistolet, à le basculer en mode de déclenchement rapide, et à faucher tous les Désinfecteurs de la pièce avant de prendre la fuite.

Même les plus habiles des tireurs ne réussiraient pas un tel tour de force.

Avant même que Jasob ne dégage l'arme, trois fléchettes tranquillisantes se plantent dans ses mollets.

Jasob s'effondre devant Corrie, dont les cris redoublent d'intensité.

D'un seul mouvement, les Désinfecteurs se retournent vers les autres élèves de la classe, pistolets dressés, en balayant l'air de gauche à droite.

Le capitaine lève une main pour imposer le silence face aux murmures consternés que laissent échapper mes camarades de classe.

– Quiconque commet le moindre geste suspect sera mis en quarantaine. La peine pour l'attaque contre un Désinfecteur dans l'exercice de ses fonctions est la stérilisation et l'étiquette de Déréglé.

Jasob ne peut entendre sa sentence, mais

l'avertissement est suffisant pour calmer toute volonté de rébellion de notre part.

Personne ne bouge pour aider Corrie. Elle pleure en implorant les autres du regard. Quand nos regards se croisent, je détourne la tête.

Le capitaine s'approche du soldat atteint par Jasob. Il est immobile au sol. Il ne râle même pas de douleur, alors que ses jambes sont tordues, sous lui, dans un angle difficile à concevoir pour un corps humain. Jasob lui a brisé la colonne.

Au moment où le capitaine se penche, je comprends que Jasob a tué le Désinfecteur. Il est coupable de meurtre.

Il n'est pas pire crime dans Nozophobia. Le capitaine se relève et fixe le corps de Jasob, couché par terre. Il s'avance vers lui et pointe son arme sur lui :

– Vous êtes tous témoins de ce meurtre. Vous êtes tous les juges, sur ce cas.

Et avant que quelqu'un ne proteste, il tire Jasob en pleine tête.

Il n'y a pas de sang au sol. Un tout petit cercle se dessine sur la tempe de Jasob.

Le capitaine range son pistolet. D'une voix forte sans émotion, il annonce :

– Tout ça pour une classification de Déréglé. Corrie

Larcoue, vous souffrez de diabète juvénile. Vous subirez une stérilisation pour diminuer le risque de transmission de votre tare génétique. Vous recevrez le traitement approprié à votre condition aussi longtemps que nécessaire.

Je ne peux détacher mon regard des deux corps gisant au sol. Mes deux premiers morts, à quelques minutes d'intervalle.

– Sortez de la classe, ajoute le capitaine. Vous pourrez revenir lorsque tout aura été nettoyé.

Je suis les autres vers la porte. Quand je passe près d'Évan, je vois, à son air, qu'il est ébranlé.

Lui aussi, ce sont ses deux premiers morts.

Dans le couloir, monsieur Grif, le responsable du cours d'histoire, nous guide vers le gymnase.

Je marche lentement pour être à la traîne. Je veux voir ce qui va se passer.

– Monsieur Mongeau, vous suivez ?

– J'arrive, Monsieur Grif.

Avant de disparaître de l'étage par l'escalier, je vois trois Désinfecteurs sortir de la classe. Derrière eux, Corrie avance péniblement.

Trois autres Désinfecteurs la suivent. Je ne pourrai rien remarquer d'autre, car je sens la poigne de monsieur Grif sur mon poignet.

– Vous ne pourrez rien y faire, vous savez.

– Ce n'était pas mon intention.

Monsieur Grif me gratifie d'un demi-sourire et me fait signe de le devancer. Il referme la porte des escaliers derrière lui.

Quand nous arrivons au rez-de-chaussée, la porte de l'ascenseur s'ouvre. Les Désinfecteurs sont tous là avec Corrie.

Monsieur Grif me laisse prendre mon temps. Lui aussi est envahi par une curiosité morbide.

La grande boîte métallique pressurisée se trouve tout près de la porte de l'ascenseur. C'est un cylindre d'une taille suffisante pour la majorité des Nozophobiens. La porte, munie d'un hublot, est relevée pour permettre à Corrie d'entrer. Elle agit machinalement, comme si elle s'était totalement déconnectée de ses émotions. Moi, je me sens dépassé par les événements, mais une petite partie de moi ne peut s'empêcher d'emmagasiner les détails.

Corrie se couche dans la cage de quarantaine, sur le grabat vide, et la porte s'abaisse vers elle. Des courroies sortent du lit et se nouent sur la poitrine et les jambes de ma camarade de classe, juste avant que la porte ne se referme. J'entends quand même son cri de désespoir, avant qu'elle ne soit isolée de tout le reste de la société.

Les Désinfecteurs esquissent un geste vers nous. Monsieur Grif m'oblige à continuer d'avancer vers le gymnase.

Derrière les portes closes, personne ne parle. Le silence est lourd. Toute cette histoire est un stupide malentendu. Si Jasob n'avait pas été aussi impulsif, il aurait appris que Corrie allait encore vivre. Rien ne lui aurait interdit de la fréquenter. Ils auraient même pu se marier et passer toute leur vie ensemble. Tous les deux auraient été obligés de déménager dans la Dézone, mais ils auraient pu y vivre longtemps.

Jasob n'a pas respecté les règles et l'a payé de sa vie.

# Les 10 commandements de Nozophobia

Des règles de conduite assuraient la bonne marche de la société :

1. Tous les citoyens sont égaux, jusqu'à ce que le sang prouve le contraire.

2. Les citoyens qui ne sont pas en bonne santé physique ou mentale doivent accepter de vivre dans la Dézone après stérilisation.

3. Les citoyens sont tenus d'obéir et de répondre sans délai aux demandes des Désinfecteurs.

4. Un couvre-feu doit être respecté par tous ceux qui ne sont pas affectés aux tâches nocturnes.

5. Tout citoyen doit prêter allégeance à la famille Miersk, car elle veille sur les Nozophobiens comme un père bien aimant.

6. Jamais un citoyen ne tuera ou ne blessera intentionnellement autrui, car la vie est ce qu'il y a de plus précieux.

7. Tout citoyen se doit d'être utile à la bonne marche de notre société.

8. Tout citoyen se voit attribuer un travail ou un ensemble de tâches nécessaire à notre survie. Cela s'applique aussi aux enfants qui fréquentent un ERIC, un CALEB ou une UFRAP.

9. Toute tentative de sortir de Nozophobia, sauf dans le cadre de tâches officielles, est proscrite.

10. Quiconque ne respecte pas les commandements s'expose à un châtiment pouvant aller de l'exclusion à la peine capitale.

VM

# 4

Le frottement des pieds du banc de piano, au rez-de-chaussée, me tire du sommeil. Je n'ai pas bien dormi. Ma nuit a été peuplée de rêves où je revivais la situation d'hier. Jasob attaquait le Désinfecteur. Le Désinfecteur mourait. Jasob était tué. Dans mon rêve, il se passait ensuite beaucoup de choses : Corrie attaquait parfois le capitaine, parfois d'autres élèves s'en mêlaient et il y avait plusieurs morts.

Chaque fois, j'étais témoin des événements. Je n'intervenais jamais, je restais en retrait et je regardais mes camarades mourir. Je me suis réveillé plusieurs fois, le cœur au bord des lèvres.

Même si je condamne le geste de Jasob, je ne peux m'empêcher d'être secoué par l'intensité des sentiments qu'il ressentait pour Corrie. Il était prêt à tout risquer pour la sauver.

Je n'ai pas ce genre de relation. J'ai des amis, j'ai ma famille, mais personne pour qui je risquerais tout.

Je descends l'escalier et je me retrouve devant ma

mère, qui m'attend dans la salle commune. Elle a enfilé ses écouteurs et elle joue du piano, sans émettre de sons. Elle seule entend les notes qu'elle produit.

Dès que j'entre, elle retire les deux petites boules qui sont enfoncées dans ses oreilles et se retourne vers moi.

Elle m'attendait pour me parler : nous ne nous sommes pas vus après les événements d'hier.

– Comment vas-tu, Valek ? C'est dans ta classe que tout s'est passé ?

– C'est correct… j'ai mal dormi, mais ce n'est pas bien grave…

Je n'ai pas envie de m'étendre sur le sujet. Si j'en dis trop, ma mère insistera pour discuter pendant des heures.

– Qu'est-ce qui est arrivé, Val ? demande Béa.

– Il y a eu une arrestation à mon école, petite fleur.

– À l'école ? C'était quelqu'un que tu connais ?

Il n'y a pas de place pour de la délicatesse quand on parle de ça. Je n'ai pas le choix d'être honnête avec elle.

– C'était dans ma classe. Corrie Larcoue, tu sais, la grande blonde.

Béa ne répond pas, elle semble secouée. Je lui explique :

– Corrie est Déréglée. Elle souffre de diabète juvénile. Elle n'était pas contagieuse et je ne cours aucun danger.

Je décide quand même de lui épargner les détails de la mort de Jasob.

– Vous n'oubliez pas vos injections, ce matin, les amours ?

Maman nous tend une seringue, qu'elle a pris soin de remplir au préalable. C'est sa responsabilité de s'assurer que nous avons la bonne dose d'antibiotiques intramusculaires chaque semaine.

Béa me regarde avec inquiétude. Elle n'aime pas s'auto-injecter, même si ce n'est pas complexe. Ma petite sœur sait que maman ne l'aidera pas : à six ans, elle devrait être capable de procéder seule à cette étape. Elle se plie à la règle du prélèvement quotidien, mais elle n'aime pas manipuler la seringue.

– Je vais dans la douche.

D'un mouvement de tête, ma mère me signale qu'elle a compris. Béa me suit vers la salle d'eau. Elle y entre elle aussi et s'assoit sur la toilette.

– Tu vas devoir commencer à le faire seule, tu sais ?

– Je n'aime pas ça, Val. Et si je l'injecte au mauvais endroit ?

Je retire le bouchon de protection orangé qui stérilise l'aiguille.

– Tu sais où appuyer l'aiguille, Béa. À ton âge, je m'injectais tout seul.

Elle remonte son t-shirt pour découvrir son ventre. Près de son nombril, il y a cinq petits trous, en cercle. Celui le plus à gauche était en train de s'estomper. C'est là que Béa doit s'injecter.

Ma sœur place la seringue et appuie sur l'extrémité près de son pouce. Le petit chuintement d'air comprimé ne trompe pas : elle s'est injecté sa dose d'antibiotiques.

En quelques secondes, je m'exécute de la même façon.

– Allez, ouste, je dois me laver.

Béa quitte la pièce. J'entre sous le jet d'eau brûlante et je me mouille les cheveux pendant de longues minutes.

Je me demande comment va se dérouler la journée. Est-ce que tout aura l'air normal dans l'école ? Comment seront les autres ? Les amis de Jasob et de Corrie, seront-ils là ? J'achève de me laver et, quelques minutes plus tard, j'ai terminé ma routine et je sors avec Béa.

Livia fait le pied de grue devant la maison.

Je sais qu'elle voudrait me questionner sur les événements d'hier. Elle en a entendu parler, comme probablement tous les habitants de notre quartier.

Nous amenons Béa à son école. Dès que nous arrivons près de la cour, j'entends les enfants qui bavardent de ce qu'ils ont compris de l'incident survenu à l'école. Béa s'élance en criant :

– Moi je sais ce qui est arrivé, mon grand frère était là !

Nous nous retournons, Livia et moi, pendant que Béa me montre du doigt. Je n'ai pas envie d'aborder ce sujet avec les élèves de CALEB.

Béa se vantera de tout savoir et elle racontera n'importe quoi, mais ce n'est pas très grave, parce que les enfants doivent tous avoir des perceptions diverses du travail des Désinfecteurs. Peu d'entre eux ont déjà vécu la perte d'un parent, comme Béa. Elle était tout bébé quand notre père s'est fait arrêter pour cause d'empeste. Elle ne s'en souvient probablement pas, mais elle vit dans l'absence constante de notre figure paternelle.

Dès que nous sommes seuls dans la rue, Livia attaque le sujet de front :

– Comment tu te sens ?

– Secoué.

– Surpris, aussi ?

– Oui. Si tu m'avais dit, hier matin, que j'assisterais à une arrestation qui tournerait mal et ferait deux morts, je t'aurais dit que c'était impossible.

– J'ai rarement entendu parler d'une réaction aussi intense de la part d'un ami d'une Déréglée, conclut Livia.

– Je suis peiné pour Corrie, aussi. Si Jasob avait attendu...

Livia comprend. L'année dernière, elle a choisi de se séparer de Kirs, son conjoint, plutôt que de le suivre comme Déréglée. Elle ne souhaitait pas vivre une vie sans connaître la maternité. Kirs, son amoureux, avait été stérilisé, et elle ne désirait pas subir la même opération. Le choix avait été déchirant.

– J'ai l'impression que la vie passe trop vite. C'est étrange, je n'ai jamais éprouvé ce sentiment, même quand mon père a été arrêté. J'ai quinze ans, tu vas me dire que ce n'est pas très grave si je ne suis pas encore amoureux...

– Mais tu as peur de passer à côté de quelque chose, parce que ta vie pourrait changer du jour au lendemain.

– C'est exactement ça, Livia.

– Je vais te confier quelque chose : quand Kirs est parti, l'an passé, trois de mes amies ont accepté des requêtes de fréquentation de la part de gars qu'elles ne connaissaient pas vraiment. Et deux se sont finalement mariées, car leur profil montrait une grande compatibilité.

Nous sommes arrivés devant mon école. Livia s'immobilise et me serre le bras pour m'arrêter.

– Tu sais s'ils vont annoncer la nomination du nouveau Désinfecteur aujourd'hui ?

– Je ne pense pas, non. Ils vont devoir remplacer celui qui…

Je suis incapable de le dire.

– Bon… je vais être en retard. On se voit ce soir, si tu as besoin de parler. Tu sais que ma porte est toujours ouverte pour toi, Valek. Et ce n'est pas seulement parce que ton père m'a demandé de veiller sur vous.

Je soupire.

– Je déteste quand tu dis ça. J'ai l'impression d'être un poids pour toi.

Elle me tend les bras et m'enlace très fort.

– Tu es comme mon petit frère. Je te connais depuis que tu es haut comme ça. Tu ne me déranges jamais. Et ne t'inquiète pas pour moi, je suis amplement capable de m'occuper de moi.

Livia s'en va au moment où surgissent Évan et Simane.

Évan est vêtu de son habit gris à bordure verte. Je croyais qu'il ne travaillait pas aujourd'hui, mais la situation est exceptionnelle.

Il n'a pas l'air de se sentir bien. Sa formation de Désinfecteur n'est pas suffisante pour estomper tous ses sentiments. Il se sent probablement mal d'avoir participé à l'arrestation de Corrie.

Il remarque que je jette un coup d'œil à son habillement.

– J'ai une rencontre ce matin avec mon Général.

Le chef Désinfecteur de notre moitié de Nozophobia se rend rarement dans les postes de quartier. Enfin, c'est ce qu'on raconte. Évan a l'air vraiment impressionné en m'annonçant sa venue. Il semble inquiet, aussi.

– C'était une belle bavure, hier, Val. Je ne sais pas ce qui nous arrivera. Hier, les gars disaient qu'on perdrait peut-être tous nos postes, pour ne pas avoir anticipé ce qui s'est passé.

– Mais toi, tu as bien agi, non ?

– C'est ce que tu crois. J'étais au courant qu'on venait chercher Corrie, mais j'ignorais si elle était Déréglée ou Empestée. J'aurais dû prévoir que Jasob allait s'interposer.

– Tu ne savais pas qu'ils avaient de l'intérêt l'un pour l'autre, Évan. Tu ne devrais pas culpabiliser.

– J'ai été trop lent. Je n'ai pas été proactif. J'aurais pu sauver deux vies, Val.

– Évan, écoute… je ne pense pas qu'on puisse vous reprocher quoi que ce soit. Personne n'aurait pu réellement prévoir que Jasob se rendrait aussi loin. Ni que son assaut tuerait…

– Ramac. Il s'appelait Ramac. Je dois me rendre

au poste, Val. On se voit plus tard ? J'aurai sûrement besoin de me défouler en bougeant.

– À ce soir, Évan. Tu verras, tout ira bien.

Quand il s'éloigne, Simane me regarde avec désespoir :

– Mon frère ne va pas bien. Il n'a pas vraiment dormi. Dans l'orphelinat, tout le monde le boude.

– Pourquoi ?

– Tous ceux qui s'y trouvent ont perdu leurs parents, soupire Simane. Ce sont souvent des Désinfecteurs qui les ont amenés. Rares sont ceux dont les parents sont morts dans un accident… Nous sommes tous des enfants d'Empestés. Certains associent Évan à la perte de leurs parents, puisqu'il est maintenant Désinfecteur. Pour mon frère, la vie à l'orphelinat est devenue difficile. Je suis certaine qu'il a hâte de partir, mais il ne le fera pas sans moi.

– C'est dans deux ans…

– Je sais. En attendant, il est mis à l'écart.

Avant que je ne puisse répondre, le mouvement des autres élèves indique qu'il faut entrer. Simane rejoint un groupe d'élèves de son âge. Je me résigne à suivre la cadence en espérant que, ce matin, personne ne tombera malade.

## *L'empeste*

L'empeste a été créé en Ouzbékistan, dans un laboratoire privé de la société OrsidiamPharma.

Même si la conception de la maladie n'a jamais été dévoilée, il était de notoriété publique qu'il s'agissait d'un étrange croisement entre le bacille de la peste et le virus Ebola, le tout irradié avec un isotope radioactif du plutonium.

L'empeste était détectable dans le sang avant l'éclosion des symptômes. La contagion était toujours possible, même après le diagnostic. Les gens ayant été en contact direct, avec proximité ou échange de fluides, devaient être placés en quarantaine par mesure de prévention.

La contamination n'était malheureusement pas immédiatement détectable dans le sang. L'incubation de l'empeste était variable, selon la santé du porteur. La durée de la quarantaine recommandée était de 48 heures, ce qui permettait d'enrayer environ 90 % des risques de contamination.

Les premiers symptômes étaient l'apparition de pustules noires sur la peau, accompagnées de démangeaisons d'une telle intensité que les sujets s'arrachaient la peau pour contrôler leur souffrance. C'est ce qui expliquait les cicatrices, particulièrement au visage, de la majorité des Empestés.

Suivaient des hémorragies internes touchant souvent le cerveau, le privant de plusieurs capacités cognitives et accentuant certains instincts liés à la violence. Si des Empestés semblaient avoir tendance à se regrouper, la plupart d'entre eux perdaient trop l'esprit pour avoir des relations avec les autres malades.

Après un moment, on observait une certaine stabilisation des symptômes, la maladie ayant rongé les terminaisons nerveuses à un point tel que les douleurs physiques n'étaient plus ressenties par les Empestés.

VM

# 5

Ma concentration est déficiente ce matin. Même si je me suis branché dans mon masque d'immersion, mon esprit vagabonde.

Je ne peux me sortir de la tête ce que Simane m'a dit à propos de son frère. Sa mise à l'écart ne m'étonne pas.

Pour beaucoup de gens, mon choix de devenir Désinfecteur n'est pas évident à comprendre non plus. Les Désinfecteurs sont autant une bénédiction qu'une malédiction. D'un côté, ils maintiennent l'ordre, procèdent aux arrestations des contrevenants et assurent la paix. De l'autre, ils sont aussi ceux qui enlèvent des êtres chers pour protéger la majorité.

Simane et Évan sont orphelins. Leurs deux parents ont été diagnostiqués d'empeste en même temps. Mes amis se sont retrouvés à l'orphelinat quand ils avaient six et sept ans. Je sais que cet endroit n'est pas le meilleur milieu de vie pour grandir. Les Sœurs ne sont pas diagnostiquées Déréglées. Elles sont stérilisées volontairement pour consacrer leur vie à remplacer, auprès des enfants, les parents expulsés de la Normzone. Ce sont les seules parmi les Déréglés à vivre en dehors de la Dézone.

Je suis certain que les Sœurs font de leur mieux, mais je sais qu'Évan et Simane ne sont pas heureux à l'orphelinat. Depuis que leurs parents sont partis, ils n'ont que l'un pour l'autre.

Quand mon père a été arrêté, j'ai vécu pendant plusieurs semaines avec la crainte de me retrouver, à mon tour, dans les murs de la vieille bâtisse. Il aurait suffi que ma mère soit malade pour qu'elle soit placée en quarantaine. Elle n'aurait pas quitté Béa, qui n'était pas assez âgée pour être séparée de sa mère.

Je m'étais raccroché, à l'époque, à l'idée que, si j'étais envoyé à l'orphelinat, je serais avec mes deux meilleurs amis.

Je ne remarque pas tout de suite que ma simulation s'est arrêtée parce que je suis perdu dans mes pensées. La voix de mon enseignante de sciences me tire de ma rêverie :

– Votre degré de concentration est insuffisant. Je n'ai jamais rien vu de tel, mentionne madame Hiks.

Elle dit autre chose, mais je ne l'entends pas. Je fixe

les deux nouvelles places vides. Trois, si je compte celle d'Évan.

– Il a été décidé de vous donner congé d'apprentissage pour la journée. Vous devez vous présenter en stage pour les heures restantes. Vos milieux d'accueil sont déjà prévenus. Ne tardez pas trop.

Mon apprentissage en action, ou mon stage, comme l'appelle mon Mestre, se trouve dans les souterrains.

Je ne suis pas mécontent de quitter l'école pour me rendre dans le sous-sol de Nozophobia. Je n'aime pas ce stage, mais je n'ai pas envie de rester assis ici toute la journée. Bouger, même si c'est faire de l'entretien dans les souterrains, me fera du bien.

Il y a plusieurs accès au sous-sol dans Nozophobia. Je me rends vers le centre de mon quartier. Si on divise le disque de la Normzone en quatre, chaque quartier possède un centre géométrique où se situent la station d'entretien et ses ramifications souterraines.

Certains élèves se dirigent vers les laboratoires d'analyse, dans la zone centrale de Nozophobia, d'autres se rendent aux usines de production de bouillie nutritive, ou de vaccins, ou d'antibiotiques... Nos milieux sont variés et reflètent souvent ce que l'on désire faire comme futur travail.

Je ne vise pas une carrière dans les souterrains, mais

ceux qui veulent devenir Désinfecteurs doivent avoir d'autres perspectives d'avenir, en cas de refus de leur candidature.

Je ne voudrais pas ressembler à Kaleth, mon superviseur. Les doigts toujours noircis de travailler dans l'huile, le teint blafard parce qu'il ne remonte pas assez souvent à la surface.

Kaleth n'est pas du genre sociable, il aboie des ordres plus qu'il ne nous dirige. Il ne sait faire que ça, l'entretien dans les souterrains. Il n'a pas beaucoup de contacts avec d'autres habitants, hormis dans le cadre de son travail. Il n'a donc aucune aptitude à établir des relations. Je pense que c'est le défaut de ceux qui commencent leur apprentissage trop tôt, sans avoir fréquenté les classes où nous apprenons les règles élémentaires de la vie en société.

Le dicton l'exprime bien : « Nous sommes tous ensemble jusqu'à ce que l'empeste nous sépare. »

Quand j'arrive à la station, tous les employés ont déjà quitté l'emplacement central pour se rendre à leurs tâches spécifiques. J'enlève mes vêtements d'écolier pour enfiler la salopette de travail du personnel d'entretien souterrain. Je suis en train de mettre mes lunettes de sécurité quand du bruit provient de l'entrée des tunnels.

– Pourquoi c'est toujours sur moi que ça tombe ?

Je me retourne à temps pour voir Kaleth pénétrer dans le vestiaire, avec son air renfrogné.

Il me semble particulièrement pâle ce matin, mais c'est peut-être à cause du cambouis qu'il a sur les joues et qui contraste avec son teint naturellement incolore.

Kaleth me regarde de haut, avec un sourire en coin. Mes vêtements ne me vont pas bien. Même mes bottes aux semelles renforcées sont un peu trop grandes. Ils ne sont pas faits sur mesure, alors que les siens sont parfaitement ajustés, preuve qu'il est fait pour ce boulot.

– Tu défais toute ma planification de la journée, stagiaire.

– Désolé, Mestre Kaleth, ce n'est pas de ma…

– Je ne veux pas t'entendre. J'ai eu le temps de finir ce que j'avais entrepris avant de venir te chercher. Tant qu'à t'avoir, je vais devancer de quelques jours l'entretien des cuves de filtration des eaux usées.

Ces cuves servent à rendre l'eau potable. Elles dégagent toutes sortes d'odeurs nauséabondes. Je ne sais pas comment elles fonctionnent, mais je sais qu'il faut enlever les substances accumulées sur les parois.

– Viens, Valek, ne me fais pas perdre plus de temps.

Dans le couloir souterrain, nos pas résonnent sur la grille de métal au-dessus des cuves.

Je déteste être affecté à cette corvée, mais Kaleth prend plaisir à me donner ce genre de tâches.

Nous demeurons sur la passerelle. Je me dirige vers la manivelle, à gauche, qui permettra de couper l'alimentation en eau, le temps de vider la cuve. Kaleth marche vers le bouton, à droite, qui actionnera le mécanisme d'écoulement des eaux usées.

Je suis toujours stupéfait de voir l'énormité des cuves. Elles font plus de deux mètres de profondeur et pas loin de cinq mètres de diamètre.

J'atteins la roulette munie d'une poignée et je commence à tourner. Kaleth me fixe en fronçant les sourcils. Je l'entends soupirer malgré la distance.

Quand je tourne la manette, la porte coulissante amorce son mouvement. Elle émet un grincement aigu. La porte se coince, à demi ouverte.

– Qu'est-ce que tu fais, Valek ? Ferme la porte !

Je tire de toutes mes forces, mais rien ne se passe. Je décide alors de pousser, mais ce mouvement aussi est inutile : rien ne bouge !

– C'est bloqué ! Je ne peux rien faire !

Kaleth me décoche un regard mauvais :

– C'est encore moi qui dois me taper tout le boulot ! Je travaille avec des incapables ! J'aurais dû refuser de devenir Mestre !

# 6

Kaleth s'avance sur le rebord de la cuve et tente d'examiner le fond, mais il y fait trop noir. Il enlève ses bottes de protection, ainsi que sa combinaison et son masque.

– Que des incompétents ! me lance-t-il en me regardant dans les yeux. Essaie de ne pas m'écraser là-dessous !

Il plonge et fend l'eau comme une lame, presque sans causer d'éclaboussures. De ma position, je l'aperçois seulement quelques instants s'enfoncer sous la surface en battant des bras et des jambes avant qu'il ne disparaisse dans la noirceur aqueuse. Des secousses font trembler la porte métallique. Je les sens jusque dans la poignée, mais la paroi ne bouge pas d'un millimètre. Les chocs se font de plus en plus fort. Un dernier coup précède une série de bulles qui éclatent à la surface du bassin, juste avant que Kaleth n'émerge. Il recrache un peu d'eau et me jette un regard noir :

– C'est dégueulasse, là-dessous. Une grosse croûte

de saleté bloque le passage de la porte. Tu n'as pas compris qu'il faut que tu forces avec la manivelle pour actionner le mécanisme ? Quand je frappe sur la paroi, tu bouges la porte d'avant en arrière. Ça finira par s'ouvrir.

Je ne pouvais pas deviner ce qui se tramait là-dessous, d'autant plus qu'il ne m'avait donné aucune directive. Mais je ne réponds pas. Protester ne servirait à rien.

Kaleth prend une grande respiration et s'immerge à nouveau. Dès qu'une secousse se répercute dans la manivelle, je tourne d'un côté puis de l'autre, sans gain réel. Le mouvement est vite obstrué, mais je persiste. Sous l'eau, Kaleth s'active toujours. À chaque coup, je fais une autre tentative de tourner la roulette, mais le succès est mitigé.

Kaleth émerge de nouveau et me lance : « On y est presque ! », puis il replonge.

Il refait les mêmes gestes et je suis la cadence. La porte bouge de plus en plus. Je la sens qui avance et recule plus librement. Les résidus commencent sûrement à se détacher. La prochaine secousse est plus forte que les autres et je coulisse la porte au maximum vers l'arrière, donc de quelques centimètres, avant de tourner la manivelle de toutes mes forces.

La porte glisse presque jusqu'au bout, mais elle reste

coincée à environ cinq centimètres de l'autre côté. Une dizaine de bulles éclatent à la surface, mais Kaleth ne réapparaît pas.

Il attend sûrement que la porte soit bien fermée avant de remonter. Je la recule un peu et je redonne un tour le plus fort possible.

Elle bloque à la même place.

Je décide d'attendre un moment pour avoir un autre signal de Kaleth. Si quelque agglomérat de saleté empêche le coulissement de la porte, il pourra peut-être lui donner un dernier coup de pouce.

Le temps file et rien ne bouge. Je coulisse de nouveau la porte vers l'arrière, mais avant de m'élancer de toutes mes forces, je vois le corps de Kaleth remonter à la surface. Je suspends mon geste, dans l'attente de ses directives, mais ce n'est pas sa tête qui émerge, c'est son dos. Il garde la tête dans l'eau.

Je remarque alors près de lui qu'un autre liquide s'est mêlé à l'onde. Du sang.

– Mestre Kaleth !

Même si je ne l'aime pas, je dois tenter de le secourir. D'autant plus qu'il ne respire pas en ce moment. Je me déchausse en vitesse, j'enlève tout aussi vite ma combinaison et je saute, les pieds devant.

Je ne suis pas un excellent nageur, mais je bats des

jambes le plus rapidement possible. Une fois près de lui, je le retourne ; malgré le peu de lumière, je vois que son visage pâle est devenu violacé. Je me débats dans l'eau, en demeurant agrippé à Kaleth. Nous nous approchons de plus en plus du bord de la cuve et de l'échelle métallique, avec ses barreaux enchâssés dans la paroi.

J'attrape du bout des doigts celui le plus près, et je me rapproche de l'échelle d'une traction du bras. J'appuie mes pieds sur un barreau sous l'eau et je me hisse pour m'assurer de respirer adéquatement. Je lève le visage et le torse de Kaleth hors de l'eau.

Au même moment, un bruit de bottes martèle le métal de la passerelle. Des Désinfecteurs viennent.

– Aidez-moi !

Un visage se penche au-dessus de moi. Le costume de Désinfecteur est agrémenté d'une décoration argentée. Il s'agit du second de l'escadron.

– Kaleth Gord ?

– Il est ici !

Je le désigne d'un signe du menton.

– Il s'est noyé. Pouvez-vous m'aider ? Il n'est peut-être pas trop tard.

– Kaleth Gord a été déclaré positif ce matin à un contrôle d'empeste.

Par réflexe, je le lâche.

Le Désinfecteur me tend une main et je la fixe sans bouger. Je suis frigorifié, mais mon frisson est aussi lié à une peur soudaine et insidieuse qui vient de s'éveiller en moi : celle de tomber malade et d'être envoyé en dehors de la Normzone.

– Sors, nous nous occuperons de lui ensuite, répond le Désinfecteur, grand et musclé, qui doit avoir l'âge de mon père.

Kaleth flotte en s'éloignant de moi et coule lentement vers le fond.

J'accepte la main tendue afin de m'extirper de la cuve. Je suis tout trempé, en plus de me sentir souillé. J'ai envie de vomir, et mon cœur bat à toute vitesse comme si je m'étais surentraîné. Je me sens plutôt dégoûté par ce qui vient de se passer. Un dégoût qui laisse place à une grande culpabilité.

Je n'ai pas peur que pour moi. Je me sens coupable. Si je n'avais pas trop poussé sur la porte, Kaleth serait encore en vie. Si j'avais mieux compris le mécanisme, j'aurais peut-être mieux agi.

Kaleth est mort par ma faute. Je l'ai tué. Ce n'est pas l'empeste qui l'a éliminé. C'est moi.

Une tape à l'épaule me fait lever la tête.

– Je ne sais pas ce qui est arrivé, mais ce n'est pas de

ta faute, m'assure le Désinfecteur. Ton Mestre était condamné. Tu ne pouvais pas le sauver. S'il ne s'était pas noyé, il aurait été jeté hors du mur. Il serait mort de l'empeste en quelques jours, avec de la chance. Il s'est peut-être même épargné de terribles souffrances.

Je comprends ce qu'il me dit, mais quand j'observe le bassin, j'ai l'impression d'y apercevoir le regard accusateur de Kaleth.

Je sens une piqûre sur ma cuisse. Ma vue se brouille.

– Tu seras placé en quarantaine, pour qu'on soit sûr que tu n'es pas contaminé.

Avant de pouvoir répondre, je me sens tomber vers l'avant.

# 7

Je me réveille dans une cellule. Les murs sont blancs, le mobilier est réduit au strict minimum : un lit, un coin toilette, une petite table de chevet. Tout est immaculé et très lisse.

Je suis couché sur le lit. Quand j'écarquille les yeux, la lumière est éblouissante. Je dois ouvrir et fermer les paupières à plusieurs reprises pour m'adapter à la luminosité ambiante.

Je me rappelle bien la discussion avec le Désinfecteur et la sensation de piqûre dans ma cuisse. Je suis en quarantaine parce qu'il y a des risques que je souffre d'empeste, après avoir passé du temps près de Kaleth. Je ne suis sûrement pas le seul à me trouver ici à la suite d'un contact avec lui. Si seulement j'avais compris que la grande irritabilité de mon Mestre indiquait qu'il était contaminé.

Non, j'exagère : Kaleth était toujours de mauvais poil, et on ne peut pas percevoir l'empeste seulement par les humeurs.

Je soupire en fixant le plafond. Je ne peux rien faire en attendant le diagnostic. On doit patienter au moins deux jours pour s'assurer que je ne suis pas contaminé. C'est la norme.

Et si je suis malade...

J'aime mieux ne pas y penser. Me retrouver dehors, sans toute ma tête, mon corps déformé par la maladie, incapable de me débrouiller pour survivre. Ou me retrouver parmi les Empestés qui gardent une partie de leurs facultés, suffisamment pour essayer, périodiquement, d'entrer dans Nozophobia.

Je me lève et je m'approche de la paroi de plexiverre, totalement impénétrable. Il y a un long couloir devant moi. De l'autre côté, des cellules contiennent probablement d'autres Nozophobiens.

– Bienvenue dans la zone de quarantaine, Monsieur Mongeau.

La voix me fait sursauter. Je lève le regard vers le plafond de ma cellule : un haut-parleur, près d'une caméra, s'y trouve.

– Veuillez apposer votre index sur la plaque de prélèvement près de la tête de votre lit.

Je reviens près du matelas et je m'arrête :

– Et si je refuse ?

– Tout refus de vous soumettre aux tests vous

vaudra une classification de Déréglé. Dans la zone de quarantaine, aucune délinquance n'est permise.

Je mets l'index sur la plaque de prélèvement. Je ne ressens presque pas l'aiguille qui me perce la peau.

– Vous serez soumis à des évaluations toutes les quatre heures, explique la voix. Vous recevrez par le système automatisé vos cachets et votre bouillie nutritive aux heures prévues. Vous respirerez un air augmenté d'un traitement spécial pour prévenir les risques d'apparition de l'empeste. Avez-vous des questions ?

Une lumière clignote sur le mur à ma gauche. Je distingue, dans la paroi tout près de la lueur, un cercle à peine perceptible : c'est à cet endroit qu'est concentré le système automatique.

– Non.

– Votre condition sera évaluée jusqu'à ce que nous puissions établir un diagnostic. Une station d'apprentissage est disponible sur la table de votre cellule. Que votre séjour se termine selon vos désirs.

– Merci !

La voix se tait. J'aperçois, du coin de l'œil, du mouvement dans la cellule en face de la mienne.

Je reconnais la chevelure blonde avant que ma voisine ne m'adresse la parole.

– Valek, c'est bien toi ? Je croyais bien aussi avoir reconnu ta voix à travers la paroi. Mais qu'est-ce que tu fais ici ? me demande Corrie, en s'approchant de sa porte de plexiverre. Elle a les yeux rougis d'avoir beaucoup pleuré.

– Je suis dans l'attente d'un diagnostic.

– Alors je suis plus chanceuse que toi. Moi, au moins, je sais ce qui m'attend.

– Corrie… je suis désolé.

Je ne sais pas quoi lui dire pour la réconforter. Je la connais, mais nous n'avons jamais été proches.

– Désolé de quoi ? Personne ne pouvait rien faire. J'ai tiré le mauvais numéro à la loterie de l'ADN.

Je souris sans joie. Malgré toutes les précautions, des anomalies génétiques surgissent parfois. Si elles sont détectées *in utero* et assez tôt, les grossesses sont interrompues systématiquement. Si les traits déficients ne sont pas découverts avant la naissance, ils le sont souvent à la petite enfance… mais certaines conditions se présentent des années plus tard.

– Tu as eu la visite de tes parents ?

– Pas encore, non. Je ne suis pas contagieuse, alors il y a des moments où je peux me promener dans l'hôpital. J'ai hâte de les voir, mais tant et aussi longtemps que je n'ai pas été stérilisée…

Elle éclate en sanglots en prononçant ces mots. Elle ne pourra jamais avoir d'enfants. Tout trait qui affaiblit la génétique de la population globale de Nozophobia doit être retiré de la circulation. Si Corrie avait des frères et sœurs, ils seraient soumis à des tests pour vérifier qu'ils ne peuvent transmettre à leurs futurs enfants la même condition dont elle souffre.

– Corrie, je ne sais pas quoi te dire.

Elle renifle un bon coup :

– Il n'y a rien à dire, Valek. Je pourrai peut-être même vivre longtemps, tu sais, dans la Dézone. Je pourrai avoir un travail utile, mais sans jamais revoir mes amis, ma famille… et sans enfants.

Sa voix chancelante ne fléchit pas. Je me sens mal pour elle, parce que j'aurai peut-être la chance de retourner dans la Normzone, alors que pour elle, c'est impossible.

Du bruit au bout du couloir nous fait tourner la tête.

– Non ! Je ne suis pas malade ! Je n'ai pas l'empeste, vous vous trompez !

Une femme de l'âge de ma mère est tenue fermement par des Désinfecteurs musclés. Ils marchent sans se presser dans un couloir perpendiculaire au nôtre, mais les cris de l'Empestée me donnent un frisson qui parcourt ma colonne.

Je ne peux pas laisser de place au doute. Je dois croire que je ne suis pas malade et que je sortirai d'ici.

Je dois garder l'espoir d'être totalement sain. Je n'ai pas envie de me retrouver dehors, à perdre la tête, à me battre contre les étranges créatures de la forêt.

Il y a du mouvement au bout du couloir. Un médecin progresse vers nos cellules, vêtu de sa blouse blanche, accompagné d'un Désinfecteur.

Ils se placent devant la cellule de quarantaine de Corrie.

Elle s'approche de la paroi vitrée.

– C'est l'heure, Mademoiselle Larcoue. Nous devons procéder à la stérilisation. Vous pourrez ensuite voir vos parents.

– Mes parents ?

– Ils sont ici. Ils vous attendent.

– Et après, je ne les reverrai plus jamais…

Je vois le médecin sourire :

– Au contraire, vous les verrez tous les jours !

Je lis la confusion dans le visage de Corrie. Moi, j'ai compris ce que le médecin veut dire. Ses parents vont l'accompagner dans la Dézone.

– Mais je croyais que…

Elle saisit enfin, puis ajoute :

– Je dois leur parler tout de suite ! Ils ne doivent pas faire ça !

– Ils m'ont dit que vous protesteriez. Ils ont déjà été stérilisés pour éviter que vous tentiez de les faire changer d'idée.

Le Désinfecteur extirpe de sa poche avant une paire de menottes. Corrie fixe les bracelets de polymère pendant un moment, puis elle dit :

– Ce n'est pas nécessaire. Je ne chercherai pas à me sauver.

– C'est la procédure, Mademoiselle, même si je crois que nous pouvons avoir confiance en vous.

Corrie soupire. Le médecin appuie sur une série de boutons encastrés dans le mur, et un rectangle se découpe dans la paroi de plexiverre. Le Désinfecteur y glisse les anneaux des menottes. Corrie les attrape et les enfile à ses poignets.

Le docteur redéfinit la séquence des boutons, et la paroi disparaît. Le Désinfecteur appuie alors sur un dispositif à sa ceinture. Un long fil est projeté vers la chaîne qui relie les deux menottes.

J'observe cette scène avec une étrange curiosité. Le travail de Désinfecteur médical n'est pas très connu. Je découvre avec grand intérêt ce système.

Je m'en veux d'être curieux dans de telles circonstances.

Corrie sort de la cellule. Je dois lui dire quelque chose avant qu'elle ne parte. Je ne la reverrai probablement plus jamais.

– Bonne chance !

C'est tout ce que je peux lui souhaiter. Elle pleure et me fait un signe de tête, comme si elle voulait me confirmer qu'elle a compris, mais qu'elle était incapable de parler.

Je les regarde s'en aller, jusqu'à ce qu'ils empruntent un autre corridor.

Je me couche sur mon lit en soupirant.

J'ai hâte de sortir d'ici.

# *La santé*

La quarantaine avait pour but d'isoler les Norms dont les analyses sanguines présentaient des données inhabituelles. Ils étaient séparés les uns des autres pour éviter toute contamination. Et dans les 48 à 72 heures, ils étaient libérés si leurs tests étaient concluants.

Il existait aussi un type de quarantaine volontaire : les maisons d'accompagnement psychologique. Les citoyens qui souhaitaient obtenir de l'aide professionnelle pouvaient demander une cure dans une MAP. Ils se retiraient alors de leur routine et bénéficiaient de l'aide de psychologues spécialisés dans le traitement des humeurs.

La santé mentale était toutefois un sujet relativement tabou dans Nozophobia, les symptômes étant plus difficiles à dépister que ceux liés aux maladies physiques.

Par contre, des groupes de discussion étaient à la disposition de tous les citoyens. Les MAP possédaient même des salles pour favoriser les échanges et la compréhension des émotions. Elles permettaient à chacun de se confier, mais certains hésitaient à évoquer leur situation personnelle. Ils craignaient d'accoler une étiquette négative sur leur famille à cause du jugement des autres. Beaucoup de gens s'empêchaient donc de demander du soutien psychologique.

De plus, les séjours en MAP étaient inscrits dans le dossier médical des Nozophobiens à titre de mentions spéciales. On les plaçait alors sur la liste de contrôle plus stricte, car il avait été démontré que la détresse psychologique était l'un des nombreux signes avant-coureurs de l'empeste.

VM

# 8

Deux jours sans voir personne. Il n'y a plus eu aucun mouvement dans le corridor pendant que j'essayais de me concentrer sur la station d'apprentissage de ma cellule. Corrie n'est pas revenue, et aucun nouveau Norm n'a été amené en quarantaine dans une des cellules près de moi.

J'avais l'impression que tout était libre, dans mon couloir, parce que personne ne répondait à mes appels.

Heureusement, j'avais à donner des échantillons, ce qui m'a permis de savoir que je n'étais pas seul au monde.

Depuis mon réveil, je suis assis à la table d'apprentissage et je tente de focaliser mon attention sur l'étude des politiques environnementales des pays industrialisés du XX^e^ siècle. Je n'en reviens pas à quel point les gouvernements ne fournissaient pas suffisamment d'efforts pour contrôler leur impact sur la nature. Ici, nous ne connaissons pas la richesse de l'extérieur. Si ce n'était de l'empeste, nous aurions déjà repeuplé les environs.

Si ces lectures ne sont pas très intéressantes, elles sont néanmoins nécessaires pour la suite de mes apprentissages.

Des pas viennent dans le couloir. Enfin ! Je saurai ce qu'il adviendra de moi. J'espère que les nouvelles seront bonnes. Un vent de panique monte soudainement en moi. Une blouse blanche ? C'est un docteur. Le médecin n'est pas accompagné d'un Désinfecteur. C'est bon signe. Je ne suis pas contagieux, sinon il porterait une combinaison de protection.

Il appuie sur une séquence de boutons et ma paroi de plexiverre glisse.

– Restez assis, Monsieur Mongeau. Je vous annonce officiellement que vous allez être libéré. La seule précaution qu'il reste à prendre, c'est l'installation d'une lampe de désinfection dans votre maison, pour une semaine, ainsi que d'un DAP, un dispositif d'analyse portatif, qui permettra de savoir en tout temps si vous présentez des signes tardifs d'infection.

Il me tend un bracelet de cheville, à peine plus large qu'un de mes doigts. Un léger renflement laisse deviner des circuits électroniques miniaturisés.

– Vous devrez porter le DAP pendant quelques jours. Il transmettra des informations en tout temps.

Il s'avance et s'assoit sur mon lit. Il me sourit :

– Je connais votre père. Quand j'ai vu votre nom dans les admissions, je n'ai pas pu m'empêcher de venir vous voir. Je suis le docteur Arkson.

Je ne sais pas quoi répondre. Mon père fréquentait beaucoup de gens.

– Nous avons travaillé ensemble, dans le laboratoire, il y a longtemps. Avant qu'il soit recruté comme conseiller et qu'il élabore son projet dont il ne voulait pas me parler. J'ai toujours regretté qu'il soit parti… Il va bien ?

Il est fou ou quoi ? Mon père a été renvoyé hors des murs du territoire il y a cinq ans !

– Il a reçu le diagnostic de l'empeste.

– L'empeste ? Vous êtes sûr ?

Il a l'air tellement surpris que j'ai un instant de doute à propos de sa maladie. Mais je me souviens très bien du Désinfecteur qui annonçait à mon père son diagnostic.

– Je suis pourtant certain de ne pas avoir vu cette information dans mes bases de données avant de venir vous voir.

Le docteur me fixe un long moment sans rien dire, et je me sens mal à l'aise. J'ai l'impression qu'il m'envoie un message.

– Je vous souhaite un bon retour dans la société, Monsieur Mongeau. Toutes vos analyses confirment que vous n'êtes pas contaminé.

Il me fait signe de quitter la chambre. Je ne me fais pas prier, même si je suis troublé par cette discussion.

Il sort le premier de la cellule et je lui emboîte le pas. En avançant, je regarde autour de moi et je constate que je suis effectivement seul dans tout le couloir. Il faut que je lui demande une précision :

– Pourquoi me dites-vous ça ? Je crois que vous me cachez quelque chose !

– J'ai bien aimé travailler avec votre père. C'est tout ce que je dirai là-dessus.

Il est troublé.

Nous empruntons à quelques reprises d'autres couloirs. Nous croisons des cellules qui renferment des gens de différents âges. Personne de ma connaissance. Le docteur n'a pas répondu à ma question et je sens qu'il est mal à l'aise. Je ne comprends pas sa réaction.

Quand nous arrivons dans une grande salle, je m'arrête net. Ma mère et Béa sont là, dans le vestibule. Elles m'attendent avec nervosité. Béa se ronge les ongles, et ma mère tape convulsivement du pied.

Toutes deux se lèvent dès qu'elles me voient. Ma mère se précipite vers moi et elle me serre dans ses bras :

– Valek, oh mon Valek… j'ai tellement eu peur de ne jamais te revoir !

Soudain, elle se raidit :

– Arkson ?

– Violette...

Ma mère me délaisse et elle s'avance vers le médecin, resté quelques pas derrière moi. J'enlace longuement Béa et je me tourne pour observer ce qui va se passer. Le pas de ma mère est décidé. Elle s'immobilise devant lui et lui flanque une violente gifle en plein visage.

– Tu avais promis de l'aider ! C'était ton ami !

– Violette, pas ici.

Ma mère lève la main pour le frapper de nouveau, mais des Désinfecteurs jaillissent en courant, l'arme dégainée.

– Maman ! s'écrie Béa.

Le docteur agite la main pour arrêter les Désinfecteurs.

– Pas ici, Violette. Ce n'est pas le temps ni le moment. Je ne savais pas. Je viens de l'apprendre. Fais-moi confiance. Je viendrai te voir dès que possible.

Il se penche vers elle et il me fixe avec intensité. Il articule des mots à voix basse, à mon intention :

– Surveille-la.

C'est une étrange requête.

– Je vous souhaite un bon retour à la maison, dit le docteur Arkson en s'éloignant de ma mère.

Elle se retourne vers Béa et vers moi. Elle me tend la main et nous sortons de l'hôpital de quarantaine.

Une fois dehors, je m'arrête et je retiens ma mère. Elle me regarde quand je lui demande :

– Maman ? C'était quoi, ça ?

– Ton père avait des amis. Certains l'ont laissé tomber. Mais je ne veux pas t'en parler ici ni maintenant.

Elle se remet en marche et je la suis tout en restant dans le néant. J'ai vraiment l'impression qu'il se passe des choses que je ne comprends pas.

Mon père n'était pas Empesté ?

Le pas décidé de ma mère me convainc que le moment est mal choisi pour poser des questions.

Mais j'en aurai le cœur net.

Nous marchons en silence jusqu'à la maison. Béa me joue dans les cheveux et refuse de descendre de mes bras. J'aime la tenir contre moi.

J'essaie de ne pas trop penser à tout ce qui vient de se produire alors que nous quittons le quartier central.

Ici, il n'y a pas d'école ; on ne voit donc aucun enfant s'amuser dans les parcs. Cette zone est occupée par des bâtiments gris, identiques les uns aux autres, qui abritent les bases de données, les laboratoires d'analyses, les usines de conception de médicaments et de fabrication de nourriture.

Quand nous franchissons la limite du quartier pour passer dans la première zone familiale, nous faisons face à des maisons de chercheurs et de Désinfecteurs. Ici, il y a des enfants. Nous entendons leurs cris de joie. Je crois qu'ils proviennent d'un parc qu'on entrevoit là-bas, entre deux maisons. Les habitations sont moins collées les unes sur les autres que dans notre quartier, qui se trouve un peu plus loin.

Après une bonne heure de marche, nous arrivons à proximité de la maison.

Évan nous attend sur le balcon. Ma mère passe près de lui sans le saluer, comme si elle ne l'avait pas vu.

Après avoir grimpé les marches, elle se retourne et brise enfin le silence.

– Valek, surveille ta sœur. J'ai besoin d'être seule un moment.

Elle entre dans la maison, sous notre regard interrogateur.

# 9

Évan se lève et s'approche de moi, tout en demeurant à une certaine distance.

Il a peur. Je le sais, je le sens.

Il n'y a pourtant aucun danger. Je viens de passer deux jours en quarantaine. Si j'ai été libéré, c'est que je suis exempt de toute trace d'empeste.

– Val... j'avais hâte que tu reviennes. J'avais peur de ne jamais te revoir, mon gars.

Je lui tends la main et il hésite un moment.

– Je ne suis pas contagieux, Évan.

Il me fait un grand sourire et nous échangeons une poignée de main sincère.

– Excuse-moi, c'est un réflexe. Étrange de ma part, non ? Même si tu étais malade, je resterais ton ami.

– Je te comprends d'avoir hésité. J'ai lâché le corps de Kaleth dès que le Désinfecteur m'a dit qu'il avait l'empeste.

Nous nous assoyons dans l'escalier. Évan fixe le dispositif attaché à ma cheville.

– C'est un DAP. T'as déjà vu ça ?

– Pour t'analyser et te suivre à la trace, répond Évan. En tout temps, si tes lectures sont faussées, on pourra te retrouver sans tarder. C'est rare qu'on en voie.

– Pourquoi moi, tu crois ?

– Tes données devaient être ambiguës.

Il ne semble pas bien aller.

– Évan, tu étais ici pour m'accueillir ou tu avais besoin de me voir pour autre chose ?

– Je ne devrais pas t'embêter avec ça, tu en as déjà plein le dos avec ce qui t'arrive.

– Évan, me changer les idées me ferait le plus grand bien. Qu'est-ce que tu as ?

– Simane a une demande de fréquentation. Une demande officielle.

Il ne paraît pas très heureux de me l'annoncer. Je ne comprends pas, c'est pourtant une bonne nouvelle.

– Pourquoi tu as l'air aussi démoralisé ? Tu pourrais plutôt être heureux pour elle.

– Je ne sais pas, Val. Je ne devrais pas te parler de mes problèmes, tu n'es même pas encore entré chez toi.

Je lui place une main sur l'épaule pour l'encourager :

– Arrête ça. Tu es mon meilleur ami, il faut bien que je t'aide.

Il me sourit :

– Ça fait tellement longtemps que j'essaie de la protéger, de l'aider à grandir… je joue à l'adulte avec ma sœur, même si elle n'a qu'un an et demi de moins que moi. J'ai peur de devenir inutile dans sa vie. Je n'ai pas envie qu'elle vieillisse. J'ai même refusé des demandes de fréquentation afin de rester disponible pour l'aider. Depuis que je suis Désinfecteur, beaucoup de filles s'intéressent à moi… Je le suis même devenu pour nous permettre d'avoir de meilleures conditions de vie. Dès que nous quitterons l'orphelinat, elle pourra continuer à étudier et devenir chercheuse, comme elle le désire, parce que j'aurai un travail qui subviendra à nos besoins.

– Évan, ta sœur est jolie, charmante et intelligente… Elle sera bientôt convoitée par plein de gars. Dis-toi que je ne suis pas le seul à voir ses qualités. Elle et toi, vous êtes presque des membres de la famille pour moi.

Je ne sais pas du tout quoi faire pour le réconforter : ma petite sœur, je la prends dans mes bras ; ma mère, je lui caresse le dos.

Pour Évan, je n'ai aucune idée de ce qui soulagerait sa peine.

Il ne pleure pas, mais je sais qu'il est triste et angoissé de voir sa sœur vieillir.

– Je comprends qu'elle ne restera pas toujours avec moi. Je devrais la laisser aller, m'y habituer et découvrir une autre façon d'être, de vivre. C'est pathétique…

– Non, Évan. C'est normal. Vos parents sont partis depuis longtemps. Vous êtes une équipe. Elle te laissera toujours une place dans sa vie, tu t'en doutes bien ?

– Je sais…

– Il y a quelque chose que tu ne me dis pas ?

Il se tourne vers moi et affiche un air grave :

– Toute mon unité fera l'objet d'une enquête pour vérifier si les morts de Jasob et de Ramac étaient évitables. Il n'y aura pas d'autres sélections pour l'instant. Le poste vacant a été pourvu, et Ramac ne sera pas remplacé tout de suite. Tu ne deviendras pas Désinfecteur avant un bon moment.

– Qui a eu le poste ?

– Un gars de vingt ans, qui travaillait comme chercheur. Tu te rends compte ? Un intello…

– Qui répondait aux critères et qui s'est démarqué lors des sélections, Évan. Tu ne peux pas lui en vouloir.

– J'aurais aimé que ce soit toi, dit-il en haussant les épaules.

– J'espère qu'il y aura d'autres sélections bientôt, pour que je prouve que je suis apte à accomplir ce travail.

Évan se lève :

– Tu sais quoi ? Je pense qu'on devrait aller s'entraîner, toi et moi. Ce soir, ça te dirait ?

– Juste toi et moi ?

– Avec les filles, si tu veux. Je réserve un circuit pour quatre ? ajoute Évan.

– C'est parfait. Si tu savais comme c'est long, la quarantaine. J'ai eu peur de ne jamais vous revoir.

Mon ami me fait un clin d'œil :

– On va voir si tu es vraiment en pleine forme, ce soir. Je dois y aller, on m'attend au poste. On se rejoint vers 19 heures ?

– Parfait.

Je le regarde s'en aller et j'envie son costume gris. Il pourra échanger sa bande verte de recrue pour la bleue des novices.

Je ne dois pas désespérer. Un jour, mon tour viendra.

## *Les Désinfecteurs*

Cette organisation militaire servait à la fois de police de proximité et d'armée.

Il existait deux catégories : les soldats d'élite et les soldats réguliers.

Les soldats réguliers étaient divisés en escadrons formés de dix Désinfecteurs dirigés par un capitaine et affectés à un poste de quartier. Ils patrouillaient dans les rues pour valider que tous les citoyens respectaient les règles de vie de la société. Ils assuraient le transport des échantillons sanguins pour analyse, la distribution des traitements préventifs, l'inspection du mur et de l'écran protecteur.

Ce qui marquait le plus l'imaginaire collectif était leur responsabilité de contrôler les Déréglés et les Empestés.

Chaque Désinfecteur portait un habit gris agrémenté d'une bande de couleur allant du cou aux hanches.

– Pour les capitaines, la bande était dorée ;

– Pour les seconds, elle était argentée ;

– Les deux autres couleurs spécifiques étaient réservées aux deux dernières recrues de l'escadron. L'avant-dernière était décorée de bleu, tandis que la plus récente était nommée « le vert » en référence à la couleur de sa bande.

Les soldats d'élite, eux, étaient reconnaissables à leur habit jaune. Ils étaient au nombre de vingt-quatre, auxquels s'ajoutaient deux Amiraux. Leur principale tâche était d'assurer la sécurité de la famille Miersk. Leur fidélité était sans faille et on attendait d'eux un comportement exemplaire. La moindre erreur au code d'honneur des Désinfecteurs d'élite était susceptible d'entraîner la peine capitale.

VM

# 10

Livia m'attend déjà dehors quand je sors de la maison pour me rendre avec elle à l'entraînement. Je n'ai pas pu reparler à ma mère depuis notre arrivée. Elle s'est enfermée dans sa chambre et n'est pas revenue dans la salle commune.

Béa s'amusait dans sa chambre, et moi, j'ai savouré le bonheur d'être de retour à la maison. Je n'aurais pas cru que je me serais ennuyé autant de cet endroit quand j'étais en quarantaine. Retrouver mon lit, ma table d'apprentissage personnelle, mes cahiers de réflexion…

J'ai pris une douche pour enlever l'impression d'étrangeté que je ressentais. Et maintenant, c'est l'heure de se défouler.

– Qu'est-ce que tu faisais ? On va être en retard !

Livia n'a pas l'air contente.

– On n'a qu'à courir pour s'y rendre !

Je n'attends pas sa confirmation et je m'élance. Elle est en pleine forme, elle est très forte, mais je crois que je suis plus rapide qu'elle.

Nous traversons tout le quartier. La luminosité est tamisée en fonction de l'heure. Il n'y a plus beaucoup d'enfants dehors. Ils sont rentrés pour se préparer à se coucher. Je reste devant Livia, en espaçant mes enjambées pour gagner en célérité.

Pourtant, je vois du coin de l'œil qu'elle ne lâche pas. Elle est presque à ma hauteur quand nous atteignons le chemin qui débouche sur le centre d'entraînement. Nous touchons la porte presque en même temps. Je ne pense pas avoir plus de deux secondes d'avance.

À l'intérieur, Évan et Simane sont déjà prêts, vêtus de leurs habits d'entraînement. Ils ont l'air impatients de nous voir arriver.

– Vous êtes en retard, dit Évan. Notre parcours commence dans trois minutes.

– C'est plus qu'il n'en faut pour nous habiller ! rétorque Livia.

Je me rends dans le vestiaire masculin. Après m'être changé, je mets mes vêtements dans l'incubateur, qui les lavera pendant que je m'entraîne. J'entre ensuite dans la cabine de préparation. Je ferme les yeux et me place les bras en croix, le visage tourné vers le capteur, qui évaluera où seront posées les électrodes de prise de mesures.

L'instant suivant, des pastilles de polymère se collent à ma peau, immédiatement suivies par le revêtement corporel qui me moule adéquatement pour optimiser mes performances.

Je sors du vestiaire pour rejoindre mes amis qui sont déjà prêts à concourir.

J'adore me retrouver sur les circuits d'entraînement. Les exercices font appel à notre capacité musculaire, à notre rapidité et à notre agilité. Comme j'espère devenir Désinfecteur, j'aime développer mes habiletés physiques, qui sont nécessaires dans ce type travail.

Livia et Évan entrent nos noms dans le programme, et le processeur prévoit un parcours qui nous poussera à bout selon nos dernières données enregistrées. Je ne sais pas si nous devrons sauter, grimper, ramper ou nager.

– Prêts ? demande Livia.

Évan confirme sa réservation auprès d'un entraîneur personnel, qui évaluera nos résultats en temps réel. Il ne suffit pas d'être rapides, forts et agiles. Nous obtiendrons des points pour notre rythme cardiaque, le contrôle de notre respiration et pour plusieurs autres données physiques.

Nous montons sur la plateforme qui marquera le départ de notre parcours inspiré des entraînements traditionnels des meilleurs athlètes du XXIe siècle. Pendant que Livia et Évan s'approchent de la console de configuration, Simane s'approche de moi et me pose une main sur l'épaule :

– Comment tu vas, Valek ? C'était difficile, la quarantaine ?

– C'était ennuyeux et surtout stressant. Je n'avais aucune idée du moment où je serais libéré et où l'on m'enverrait. Je n'ai pas bien dormi, non plus. J'espère que je serai capable d'être performant.

Elle me fait un grand sourire.

– Au pire, les filles vont gagner, intervient Livia. Le parcours est prêt. Vous venez ?

Nous nous plaçons sur la ligne de départ. Une barrière nous bloque le chemin. Dès qu'elle sera tombée, il faudra courir, puis sauter dans le vide pour s'agripper à une corde et se balancer jusqu'à une série d'anneaux suspendus au plafond. C'est la première étape de tous les circuits.

Ensuite, c'est l'inconnu. Livia et Évan ont choisi des degrés de difficulté propres à leur endurance, mais ils ne savent pas quels obstacles seront choisis par le système automatisé.

Livia active le compte à rebours. Des lumières s'allument par terre, dans cet ordre : trois rouges, deux jaunes, une verte.

Quand la verte s'éteint, la barrière tombe.

Les filles s'élancent avant Évan et moi. La première partie est plutôt facile, nous talonnons les filles, mais quand nous parvenons à la plateforme, elles ont un peu d'avance sur nous.

Je suis bon dernier.

À mon arrivée, Évan et moi commençons l'ascension d'une poutre à un angle en nous aidant de nos jambes, avant de nous retrouver la tête en bas, les mains crispées sur une mince paroi.

Le circuit est vraiment difficile aujourd'hui. Je n'ai jamais vu ce parcours dans les séances virtuelles. L'affronter physiquement me demande de puiser dans toutes mes réserves.

Nous rattrapons les filles. Au bout de la paroi, je balance mes jambes pour gagner assez de puissance afin de me projeter sur un coussin, sur lequel j'atterris en roulant.

Évan prend les devants dans la course, jusqu'au bassin où il faut sauter pour attraper les pierres basses sur le mur d'escalade. À l'aide des prises dispersées sur la paroi, il grimpe jusqu'en haut. Je saute à mon tour et je m'agrippe à la paroi à une bonne hauteur.

Je n'ai pas le choix d'aller le plus vite possible, en

espérant qu'Évan sera capable de remonter en vitesse.

J'entends les filles s'accrocher à la paroi. Même si j'accélère mes mouvements, je ne parviendrai jamais en haut avant elles : elles montent avec une rapidité déconcertante. Je sens la fatigue me gagner.

Je les vois me dépasser. Même Évan me rattrape. J'ai les bras morts. J'ai beau me dépêcher, je suis incapable de tenir le rythme. J'arrive bon dernier sur la plate-forme finale. Les autres m'y accueillent les bras grand ouverts.

– T'en fais pas, chanceux. On a décidé que c'était match nul, m'annonce Livia.

Je leur en suis reconnaissant. Je suis épuisé, je leur murmure un « Merci » avant de m'effondrer. Je m'étends sur le dos ; le visage de Livia apparaît au-dessus de moi.

– Tu es prêt pour une séance de combat, maintenant ?

Je nie de la tête :

– Je ne me suis pas senti autant crevé après un entraînement depuis des années. C'est peut-être un effet de la quarantaine…

– Et on n'a pas fait tout le circuit. Imagine, moi, je suis pas mal plus vieille que toi !

– N'exagère pas, dit Évan. Tu n'es pas si âgée que ça. Tu as à peine plus de vingt ans.

– En fait, j'en ai vingt-cinq.

– Viens, Livia, je veux bien que l'on combatte ensemble, intervient Simane. Je ne pense pas que tu sois trop vieille.

Dès qu'elles sont parties, je m'assois et Évan vient me retrouver. À son visage, je vois qu'il a des questions à me poser :

– Qu'est-ce qu'elle avait, Violette ? Elle semblait bouleversée.

Je décide d'y aller avec la moitié de la vérité :

– Le docteur qui m'a permis de quitter l'hôpital était un ami de mon père. Je pense que ma mère a eu un choc quand elle l'a vu.

– Je comprends... ça me fait encore tout drôle quand je vois mes anciens voisins, dit Évan.

Je commence à mieux respirer. Décidément, je suis plus fatigué que je ne le croyais.

– Bon, allez, rentre chez toi. Demain, c'est la cérémonie funéraire de Jasob et Ramac.

J'acquiesce d'un signe de tête. Je n'ai pas hâte d'y être.

# 11

Il est tard quand je reviens à la maison. Dans les rues, il fait nuit. Je croise peu de citoyens. Des Désinfecteurs patrouillent dans les rues. Ils s'assurent que tout le monde rentre à la maison avant la nuit. Les crimes sont rares dans les quartiers, mais il arrive que des Déréglés s'aventurent, à la nuit tombée, hors de la Dézone pour dérober des objets divers, des médicaments ou des bouillies nutritives dans les maisons.

Même dans notre société, des gens ne respectent pas les lois, comme dans le monde d'avant.

Un soldat s'approche de moi, tandis que je suis presque rendu à la maison.

– Veuillez vous identifier, je vous prie.

– Valek Mongeau. J'habite tout près.

Le Désinfecteur note mon nom et vérifie l'heure sur sa montre.

– Dépêchez-vous, jeune homme. L'heure tourne.

Je hoche la tête et j'entre à la maison. Ma mère n'est pas dans la salle de séjour. Elle aime feuilleter des livres, en papier, comme dans l'ancien temps, et elle lit dans cette pièce, d'habitude. À cette heure-ci, Béa dort depuis un bon moment déjà. Ma mère s'est-elle couchée, elle aussi ? Ça expliquerait la raison pour laquelle elle n'est pas là.

Quand je gravis doucement l'escalier pour me rendre à ma chambre, j'entends des voix étouffées provenant de la chambre de ma mère.

L'une d'elles est masculine.

Intrigué, je m'approche en silence.

– Je te le jure, répond ma mère. Arkson a dit qu'il ne savait pas…

– Comment peut-il l'ignorer, Violette ? Ça n'a aucun sens. Il a quitté l'AILE avant l'arrestation, parce qu'il craignait qu'on nous surprenne. Il travaille comme médecin, il établit les contaminations d'empeste.

L'AILE ? Ma mère est membre du groupe de rebelles ?

– Il pourrait ne pas avoir vu passer ce dossier, ou Bergon n'a peut-être jamais reçu de diagnostic officiel.

– Un conseiller spécial du Nakagha qui est arrêté pour empeste, ce n'est pas rien, proteste l'homme.

– Sauf si c'était un geste politique, répond ma mère. Après tout, personne n'a accès aux résultats d'examens. C'est impossible de connaître cette information.

– Tu te rends compte de ce que tu racontes ? reprend l'homme. Ils auraient arrêté ton mari parce que ce qu'il avançait était vrai. Ils auraient voulu tuer la révolution dans l'œuf… avec succès. Rappelle-toi : personne ne voulait plus qu'on se voie, après son arrestation. C'était lui qui détenait les preuves.

– Ce n'est pas pour rien que j'ai demandé à te voir, Oriam. Il faut que nous allions plus loin, que nous reformions notre groupe. Quand Rimor Miersk a pris la place de son père, tout a changé. Il est plus radical. Il contrôle les Désinfecteurs et a nommé de nouveaux conseillers qui n'osent pas contester son autorité.

– Violette, tu te rends compte ? Nos vies ont changé. Nous avons vieilli. L'AILE est en dormance depuis que ton mari a été arrêté. Nous avons tous des enfants ou des petits-enfants. Pourquoi mettre tout ça en péril ?

– Si nous ne faisons rien, Oriam, nous sommes tous en danger.

J'en ai assez entendu. Le docteur Arkson m'a dit de surveiller ma mère. Il connaissait peut-être ses secrets et savait qu'elle complotait.

Mon père aussi ?

Qu'ont-ils contre Nozophobia ? C'est le seul rempart de l'humanité contre l'empeste ! Nous sommes l'avenir. Nous sommes ceux qui repeupleront la planète. Pour y arriver, de la discipline et des sacrifices sont nécessaires.

Comment osent-ils remettre en doute ce fonctionnement ? C'est contraire à toutes nos règles ! Si on veut que le grand plan de Nozophobia fonctionne, il faut la collaboration de tous les citoyens. Ceux qui ne participent pas à la bonne marche de notre société lui nuisent.

Je ne veux pas que ma mère soit classée Déréglée et que Béa et moi nous retrouvions à l'orphelinat. Je ne peux pas laisser cette folie continuer.

J'ouvre la porte à la volée.

– Valek, que fais-tu là ? s'exclame ma mère.

– Maman, que se passe-t-il ici ? Je ne peux pas croire tout ce que j'ai entendu.Il va falloir que tu m'expliques ce que vous complotez ! Vous êtes dans l'AILE ? Vous contestez tout notre mode de vie. Je dois savoir pourquoi !

Ma mère se lève de son lit et s'approche de moi. Tétanisé, j'oscille entre la colère et la panique. Oriam reste assis.

Je le reconnais : il porte un habit de Désinfecteur avec une bordure argentée. C'est le second d'un escadron !

Celui qui m'a placé en quarantaine, qui était venu pour arrêter Kaleth.

– Valek, calme-toi. Ne cède pas à la panique.

– Il faut que tu m'expliques, maman, parce que là, j'ai l'impression que tu as de dangereuses discussions. L'AILE, vraiment ?

– C'est de l'histoire ancienne. Oriam était un ami de ton père. Nous étions quelques-uns à graviter autour de lui. Arkson en était un autre. C'est complexe, tout ça, et je ne voulais pas t'en parler tout de suite.

– Mais…

– Tu es trop jeune, Valek. Trop vulnérable.

– Si tu penses que tu vas…

Elle soupire.

– Je te promets que je vais tout te dire. Laisse-moi mettre mes idées en ordre pour tout te raconter. En attendant, je te demande de garder le silence sur ce que tu as entendu ce soir.

Le fait qu'elle consente à me parler, même si ce n'est pas tout de suite, me rassure. Je me sens plus calme.

Oriam se lève du lit et s'avance vers moi. Il tient son casque sous son bras. Il me regarde dans les yeux :

– Tu ressembles beaucoup à ton père. Je suis certain que tu es un leader, comme lui.

Il passe près de moi et descend l'escalier. En arrivant au bas des marches, il enfile son casque et sort de la maison.

– Va te coucher, Valek. Je te jure que je t'expliquerai tout.

– Maman, s'il te plaît, ne fais rien de stupide. Nous avons besoin de toi.

Elle me tend les bras. Je me colle contre elle. Je suis grand, maintenant, et c'est elle qui appuie sa tête sur mon épaule.

– Ne t'inquiète pas. Tout ce que je fais, c'est pour notre bien à tous. Allez, à demain.

Comme je me rends dans ma chambre, elle referme sa porte sans m'en dire plus.

# L'AILE

Certains Nozophobiens refusaient de se plier aux règlements et contestaient le système politique et social de la Normzone. Ces citoyens souhaitaient que les Norms tentent leur chance et explorent l'extérieur, malgré les risques d'empeste.

Or, quiconque doutait de la sagesse du Nakagha était une cible potentielle des Désinfecteurs.

C'est dans la quatrième génération, après l'activation de l'Agrégateur, qu'est née l'Association des individus pour la libération des enfermés, dite l'AILE.

Les premiers contestataires croyaient que le temps était venu de préparer notre sortie de Nozophobia, après une centaine d'années d'isolement.

Fillor Miersk n'était pas d'accord avec ce mouvement. Des manifestations s'étaient tenues dans les rues, avant que les Désinfecteurs ne matent la révolte qui grondait.

Des arrestations avaient eu lieu, et des gens qui souhaitaient la libération de tous les Nozophobiens s'étaient retrouvés stérilisés contre leur gré, placés en Dézone ou chassés à l'extérieur. La vie était primordiale, comme toujours : ces gens, même s'ils refusaient le système, n'avaient pas été exécutés.

L'AILE n'avait jamais cessé ses activités, mais quiconque surprenait son voisin, son ami, ou encore son parent à sympathiser avec ceux qui protestaient en cachette contre le Nakagha avait pour devoir de le dénoncer.

VM

# 12

Réveil difficile. Brutal, même. Je ne me suis jamais senti comme ça. Je n'ai pas bien dormi. L'entraînement me cause des courbatures intenses. Ma tête est envahie de trop de questions sans réponses, de trop de préoccupations et de nervosité face à la cérémonie de ce matin.

J'entends Béa qui court dans la cuisine. Elle a une activité prévue dans les labos, aujourd'hui, avec sa classe de sciences. Je lui souhaite d'apprécier toute cette connaissance : peut-être qu'un jour elle travaillera à la recherche afin de trouver une façon de nous débarrasser de l'empeste.

Ce matin, c'est la cérémonie d'adieu pour Jasob et Ramac. Comme leurs morts sont liées, ils auront un hommage funéraire commun. Je saute dans la douche, où l'eau chaude aide à me détendre les muscles. En sortant, je m'injecte la solution protectrice qui complète mon traitement de quarantaine.

Comme prévu, la lampe de désinfection a été installée à la sortie de la salle d'eau. J'appuie sur l'interrupteur et je me place au centre du grand rectangle vertical. La lampe émet trois pulsations violettes avant de m'inonder d'une lumière verte très intense pendant dix secondes.

Je n'ai aucune idée du mécanisme qui s'active dans mon corps, mais je dois faire confiance aux médecins de la zone de quarantaine.

Je m'habille, mais je ne mets pas mes vêtements standards d'écolier. Nous avons des ensembles réservés exclusivement aux cérémonies funèbres : pantalon noir et t-shirt de la même couleur, orné d'une fleur orangée, qui représente les flammes qui nous transforment en engrais, pour aider à la culture de ce qui nous nourrit.

Quand je descends pour avaler ma bouillie et mes cachets quotidiens, ma mère est dans l'entrée de la maison.

Elle referme la porte en pleurant. Je me précipite vers elle et elle m'arrête d'un signe de la main, pendant qu'elle respire profondément pour se calmer.

– Qu'est-ce qui se passe, maman ?

– C'est Oriam. Il est… mort !

– Mort ?

– Tué par un Déréglé en cavale, hier soir.

Malgré son costume de Désinfecteur à bordure

argentée ? Il savait se défendre… Il est peu probable qu'un Déréglé, seul, ait pu l'abattre. À moins que…

– Maman, ce n'est pas…

– Ne dis rien.

– Mais…

Elle met un doigt sur sa bouche, puis elle fait semblant de parler. Elle place ensuite un doigt sur sa gorge et mime le geste d'un couteau qui tranche.

Elle confirme mon intuition.

– Tu as une grosse journée, mon Valek. Nous parlerons, comme promis, mais pas tout de suite.

Je n'ai pas d'autre choix que d'accepter.

Après avoir mangé, je pars pour la cérémonie, la tête pleine de questions.

Nous n'avons pas besoin de nous rendre à l'école : nous devons aller directement au Roc, là où les cérémonies funèbres se tiennent. Plus je marche, plus je croise des élèves allant en direction du plateau surélevé, où se déroulent les événements importants.

Arrivé au Roc, je me joins aux autres jeunes de la classe. Nous sommes au premier plan, tout près des parents de Jasob.

Je ne sais pas si Corrie sait que c'est aujourd'hui qu'a lieu la cérémonie. Je n'ose pas imaginer ce qu'elle ressent face à cette situation.

À quelques rangées de chaises, sur ma droite, se trouve la famille de Ramac. Une femme est en pleurs. Elle est accompagnée de deux enfants. Ils doivent avoir cinq ou six ans. Ils paraissent dépassés par les événements. La veuve ne semble pas avoir dormi beaucoup au cours des derniers jours. Elle a le teint olivâtre légèrement maladif.

Je ne pense pas que les enfants comprennent que c'est la dernière fois qu'ils voient réellement leur père.

Les deux cadavres sont disposés l'un près de l'autre. Dans la mort, on a laissé à Jasob une certaine dignité : il est vêtu de ses plus beaux habits, il a été coiffé et rasé de près.

Ramac porte une tenue de Désinfecteur spéciale, celle pour les cérémonies officielles en présence d'un membre de la famille fondatrice.

Les parents de Jasob sont assis devant les camarades de classe de leur fils. Ils sont maintenant étiquetés pour toujours « parents d'un meurtrier ».

Je suis certain qu'ils ont déjà perdu la grande majorité de leurs relations. J'ai vécu la même chose quand mon père a été arrêté pour l'empeste et expulsé de la Normzone. Peu de gens sont demeurés mes amis. Évan et Simane sont restés, bien sûr, comme moi j'étais demeuré près d'eux quand leurs parents avaient été amenés. Sans oublier Livia, et sa promesse faite à mon père.

Ma mère avait quitté les laboratoires pour travailler dans les systèmes de filtration d'air. Est-ce que son changement était lié à son implication dans l'AILE ?

Son cercle social avait fini par disparaître, parce qu'elle ne fréquentait plus les mêmes collègues de travail.

Pour presque tout le monde, nous étions devenus contagieux, même si nous ne souffrions de rien. Dans leurs yeux, j'étais malade, alors que je n'avais aucun symptôme. J'étais Empesté par association, parce que tout le monde savait que mon père avait été arrêté pour avoir contracté la maladie.

Comme nous, les parents de Jasob vont se retrouver sans amis. Sans aucun soutien pour les aider à passer à travers leur épreuve. Personne ne semble se soucier du fait qu'ils viennent de perdre un fils. Leur garçon est certes coupable d'un crime, mais ils ont autant de peine que la veuve de Ramac.

Pourtant, la femme du Désinfecteur bénéficiera du soutien de ses amis et de la compassion de tous. Les parents endeuillés, eux, n'auront droit qu'à des regards obliques. On les accusera pendant longtemps de ne pas avoir su élever leur fils de façon qu'il respecte la vie.

C'est la règle primordiale de Nozophobia.

Une longue sirène aiguë me tire de mes réflexions.

Une alarme ! C'est une attaque d'Empestés !

# 13

Dans les regards autour de moi, c'est la débâcle.

Je reste calme pour faciliter l'intervention des Désinfecteurs. L'alarme indique que des Empestés ont franchi le mur.

Je comprends la panique qui s'installe : l'empeste est contagieux. Malgré nos vaccins, les antibiotiques oraux et les traitements ponctuels, la maladie réussit à contaminer très souvent des Nozophobiens. D'une ouverture dans le mur peut résulter une dizaine d'infections.

Je ne sais pas vraiment pourquoi les Empestés font ça. Ce sont sûrement des étincelles de conscience au cours desquelles ils désirent voir les gens qu'ils ont connus pendant leur vie dans Nozophobia. Sauf qu'ils sont comme des bêtes incontrôlables, on ne peut pas leur parler. Il faut agir et les empêcher de nuire, parce qu'ils peuvent vraiment perturber toute notre société.

En quelques instants, les Désinfecteurs, même s'ils sont en tenues d'apparat, se placent en rangs, alors que leur véhicule de transport de troupes s'approche.

Je reconnais Évan avant qu'il n'enfile son casque, arborant fièrement sa bande bleue. Il est dans le premier véhicule avec son escadron.

La sirène provient de l'ouest et elle n'est pas si forte. Nous ne sommes pas en danger ici, mais la consigne de sécurité est la même pour tout le monde : nous devons nous mettre à l'abri.

N'importe quel bâtiment dont l'accès se verrouille est efficace pour nous protéger. Les Empestés sont rarement assez brillants pour forcer une porte avec une stratégie établie d'avance. Ils utilisent seulement la force brute. Ils percent le mur parce qu'ils sont nombreux et concentrés à un seul endroit, mais une fois entrés, ils se dispersent sans faire preuve d'aucune cohésion. C'est ce que nous apprenons, très tôt, à l'école. Comme la sirène est loin, les gens se cachent dans les bâtiments autour d'eux, dans l'ordre et le calme.

Moi, je n'ai pas envie de fuir. Je peux aider. Je sais que je suis prêt pour le recrutement, alors je n'ai pas besoin de me cacher. Je n'ai pas d'habit de protection, c'est le seul article qu'il me manque pour être totalement à l'aise face au danger.

Mais je sais comment me procurer des protections. Près de Ramac se trouve sa pile de vêtements de Désinfecteur. Je ne devrais pas déroger aux règles.

Emprunter l'identité d'un Désinfecteur n'est pas nécessairement une bonne idée. Mais je suis impatient d'entrer en action et épuisé de devoir attendre… Attendre qu'on m'explique, attendre de comprendre, attendre d'être Désinfecteur.

Il n'y a plus personne autour de moi. Je peux subtiliser un uniforme et me rendre au transport de troupes des Désinfecteurs avant le départ du véhicule.

J'enfile rapidement l'habit parce que j'ai répété ces mouvements des dizaines de fois pendant mes entraînements avant le camp de sélection.

J'active la visière opaque de l'habit en espérant passer inaperçu. J'arrive le dernier au transport de troupes. Le capitaine qui supervise l'embarquement ne vérifie même pas qui je suis.

Dans le véhicule aux longs bancs qui sont face à face, tous les visages sont penchés vers le compartiment sous le siège pour récupérer une arme.

Comme tous les autres, je tourne la roulette de sélection de tir vers « mort ».

L'objectif n'est pas d'épargner les Empestés. Ils sont entrés, ils sont devenus un danger pour les Norms. La mort est leur sentence.

C'est une ligne de conduite dure, mais les Désinfecteurs qui s'occupaient des entraînements de sélection nous ont expliqué que c'est la seule manière de préserver l'intégrité de notre société.

Je suis fébrile. Je ressens un frétillement dans le ventre : depuis le temps que j'attends d'être un Désinfecteur, sur le terrain !

Par la fenêtre avant du grand autobus, j'aperçois la forme hétéroclite du Miersk Museum, là où l'on retrace l'histoire de notre société.

Nous ne sommes pas les premiers intervenants arrivés sur les lieux. Beaucoup de Désinfecteurs sont en position, genoux au sol, tenant en joue une horde d'Empestés.

Nous descendons du véhicule et nous ne sommes pas loin d'eux. Avec la fonction d'image sur la visière de mon casque, je vois en gros plan, dans le coin supérieur gauche, les visages des Empestés.

Ils ont les yeux vitreux, la peau remplie de cicatrices et couverte de pustules noires et purulentes. Ils affichent des sourires diaboliques.

Ils ne sont pas organisés. Ils ont percé le mur et courent sans but dans tous les sens. Je ne doute aucunement que la ligne de Désinfecteurs les retiendra.

Nous formons la seconde ligne de défense, une dizaine de mètres derrière la première.

Je n'ai pas le temps de regarder autour de moi : tout

se passe très vite.

Les premiers Empestés arrivent près des premiers Désinfecteurs.

Les armes ne font aucun bruit, mais les premiers Empestés tombent. Ceux qui sont touchés à la poitrine ne s'effondrent pas tout de suite. Certains se rendent jusqu'aux Désinfecteurs de devant. Les soldats défont la ligne, car une brèche est ouverte pour les infectés.

Des Désinfecteurs autour de moi commencent à tirer.

J'aurais cru qu'ils étaient quelques dizaines d'Empestés au maximum, mais je me retrouve rapidement submergé. Ils sont des centaines !

Beaucoup de citoyens n'ont pas pu se mettre à l'abri. L'espace est dégagé autour du Miersk Museum, c'est l'un des plus grands parcs de Nozophobia.

Parmi les Empestés, je vois des enfants et des personnes âgées aux cheveux blancs. Certains sont dans un état pire que d'autres, comme si la maladie ne les affectait pas tous de la même manière.

Je me pensais courageux, mais je suis figé par la peur. Les Désinfecteurs tout autour tirent sans arrêt. Tout ce que je ressens, tout ce qui m'obsède, c'est mon désir de me sauver. Je reste sur place, je n'épaule pas mon arme pour viser les Empestés qui foncent vers moi.

Visionner des films d'Empestés est une chose. Les voir dans la réalité, c'est tout à fait autre chose. Leurs cris, surtout, me paralysent. On dirait des animaux sauvages dans un documentaire sur les prédateurs dangereux.

Je porte l'arme à mon épaule et je tire vers un homme menaçant qui se rue vers moi. La secousse est beaucoup plus forte qu'avec les armes d'entraînement, mais je ne rate pas ma cible : l'Empesté s'effondre. Je n'ai pas le temps de jubiler, car j'entends :

– Au secours !

# 14

Je me tourne vers ma droite et vois un père et son enfant. L'homme semble paniquer à l'idée que son fils se retrouve entre les mains des Empestés.

Mon objectif est clair : les aider à quitter cette zone remplie de malades, pendant que les vrais Désinfecteurs s'occupent de repousser les envahisseurs.

Je cours vers eux et j'abats un Empesté qui s'approche dangereusement. Autour de moi, les Désinfecteurs travaillent en groupe, dos à dos.

– Je vais vous sortir d'ici. Vous marchez devant. Il y a une bâtisse à environ 300 mètres de nous. Je couvre vos arrières.

Les cinquante premiers mètres se déroulent bien, comme si aucun Empesté n'avait conscience de notre présence. Je jette de fréquents regards en arrière. Les Désinfecteurs reculent de plus en plus, comme s'ils se repliaient face à l'assaut.

Sur ma gauche, un nouveau véhicule de transport de troupes arrive.

Nous sommes environ à 125 mètres de la porte de la dépendance. Soudain, trois Empestés se tournent dans notre direction. D'un même pas, ils s'avancent pour nous barrer la route.

– Arrêtez-vous !

Je ne pense pas être capable de tirer tout en courant. L'homme m'écoute et ne fait plus un pas. J'épaule mon arme et tire dans la poitrine du premier Empesté.

Il ne tombe pas. Il devrait pourtant être au sol. La décharge d'énergie devrait lui faire éclater le cœur.

L'homme titube, mais j'ai l'impression qu'il n'a pas été blessé par le tir.

Il porte des loques, mais on dirait qu'une armure se cache sous son vêtement.

L'Empesté reprend sa route. Les trois infectés foncent toujours vers nous. Derrière, le combat fait rage. J'entends les grognements des envahisseurs et les cris de guerre des Désinfecteurs.

Il faut que je les stoppe. Je n'ai pas besoin de les tuer. Il faut seulement qu'ils arrêtent d'avancer. Je tourne la roulette de sélection de tir en mode « faisceau large ». Je vise les jambes des trois Empestés. Ils s'effondrent. Je jette un regard vers l'arrière. Personne ne nous poursuit pour l'instant.

Nous sommes arrivés à la dépendance, mais la porte

est verrouillée.

– Essayez d'ouvrir la porte !

Le père obéit à mon ordre. Il dépose son garçon et s'attaque à la serrure, pendant que l'enfant pleure à chaudes larmes, tétanisé par la peur.

De nouveaux Empestés s'avancent. Les Désinfecteurs, au loin, sont débordés. Malgré l'arrivée des troupes fraîches, le nombre de malades est trop élevé. Le gros des infectés se dirige vers les alentours du musée. C'est une chance pour nous, nous sommes loin de cette bâtisse.

Ça n'empêche pas quelques Empestés de nous prendre pour cible. Je ne pourrai jamais tous les abattre. Il faut que j'aide le père à forcer les gonds. La porte est vraiment bloquée !

Si nous ne pouvons pas entrer, la seule personne qui survivra, c'est moi, grâce à mon habit de protection.

Je dois au moins sauver l'enfant.

J'enlève mon casque et je le lui mets sur la tête. Si nous sommes attaqués par les Empestés, il aura moins de risque de respirer des contaminants.

Je me retrouve tête nue, à faire face aux Empestés, au moment même où la porte du Miersk Museum s'ouvre.

D'où je suis, je vois très bien le mouvement

coordonné des Empestés. Le combat se déplace vers l'arrière du musée.

D'ici, en voyant le bâtiment de profil, on dirait que les Empestés ont volontairement éloigné les Désinfecteurs de l'entrée.

Je suis probablement la seule personne à apercevoir la silhouette.

L'homme se tient droit. Ce n'est pas un Empesté. Pourtant, il porte les mêmes loques. Sa démarche m'est étrangement familière.

Je saisis les lunettes d'approche dans mon costume de Désinfecteur. Mon cœur bat à toute vitesse.

Dans les jumelles, je vois bien l'homme. Il me regarde un long moment par-dessus la marée d'Empestés. Dans les mains, il tient une longue boîte dérobée au musée.

Je suis certain que toute cette attaque d'Empestés avait pour but de lui ouvrir le chemin pour accéder au musée.

J'ai un étourdissement. Je pensais devoir continuer à tirer sur les Empestés, mais leur mouvement a changé. Tous les envahisseurs retournent vers le mur en formant un bouclier autour du voleur.

La dernière fois que j'ai vu cet homme, il avait une autre apparence. Aujourd'hui, ses cheveux lui arrivent aux épaules et son visage est garni de poils. Sa barbe cache peut-être des cicatrices d'empeste. Son regard, lui, est toujours le même. Ses yeux sont clairs, sans aucune trace de folie. Leur éclat bleu métallique est semblable au mien.

Ce regard, c'est celui de mon père. Le voleur, c'est mon père.

## *Le Miersk Museum*

Dans les volontés d'Isidor Miersk, il y avait une idée de transmission des cultures passées, comme en témoigne l'intégration de cours d'histoire dans le cursus scolaire des jeunes Norms.

Le fondateur avait demandé à son fils de créer un musée pour conserver des preuves de la vie d'avant, ainsi que toutes les archives de la construction de Nozophobia. Toutes les recherches qu'il avait menées, tous les plans des différents systèmes de fonctionnement de la Normzone comme de la Dézone y étaient consignés. Des caisses et des caisses de documents écrits occupaient toutes les pièces du sous-sol.

À l'étage, trois salles présentaient des expositions temporaires de durées variables, montrant différents objets selon les thèmes.

Cependant, les documents les plus intéressants étaient conservés dans une voûte souterraine, plus profonde que les salles de réserves abritant les artefacts de collection et les archives.

Cette voûte contenait aussi le document le plus précieux de tous : la compilation des notes écrites de la main même d'Isidor Miersk. Ces journaux, qu'il tint pendant toute son adolescence, puis pendant sa vie d'étudiant, décrivaient tout le processus de la création de Nozophobia.

Le contenu général des carnets était de notoriété publique, mais peu de gens avaient consulté directement ces écrits. Par contre, les conseillers des différents Miersk avaient accès à tous ces documents, ce qui leur permettait de s'assurer d'épauler correctement le Nakagha dans sa prise de décision.

VM

# 15

Je reste figé. Heureusement, aucun Empesté ne fonce vers moi.

Mon père a l'air en pleine forme. Il est droit et fier, sans aucune trace de maladie.

J'ai le vertige devant cette révélation. Le docteur Arkson avait raison. Ma mère aussi. Mon père a été arrêté pour cause d'empeste, mais ce n'était pas vrai. Et dire que, depuis cinq ans, je me demande où il est, ce qu'il fait et comment il survit.

Mon père se sauve avec les Empestés, alors que de nouveaux Désinfecteurs arrivent. Ils ne les poursuivent pas. Ils se précipitent vers leurs camarades. D'autres extirpent des camions de transport des cages de quarantaine pour y placer de possibles contaminés.

– Merci, jeune homme, me dit le père, en me tapant l'épaule pour attirer mon attention.

Je me retourne vers lui, gêné :

– Ce n'est rien, je…

– Ne me dites pas que vous n'avez fait que votre

travail. Vous nous avez sauvé la vie. Vous pouvez être fier de vous.

Il me tend mon casque. Le jeune garçon, qui doit avoir le même âge que Béa, me fait un grand sourire.

Et moi, je me sens comme un héros ! J'ai été un vrai Désinfecteur pendant toute l'attaque ! Je n'ai peut-être pas officiellement le titre, mais je me suis montré digne de cette fonction.

Le capitaine qui marche vers moi d'un pas décidé n'a pas l'air d'accord :

– Tu portes les vêtements de Ramac Bilar. Tu n'es donc pas un Désinfecteur. Identifie-toi !

Il lève son arme vers moi. J'ai peur qu'il tire à bout portant.

– Je suis Valek Mongeau.

– Tu es audacieux d'avoir subtilisé le costume d'un mort.

Je tente de me justifier :

– Quand j'ai entendu la sirène, je me suis dit que je pourrais être utile pour repousser les Empestés.

– Tu aurais pu mettre des vies en danger ! Et si tu t'étais trompé dans la sélection des tirs ? Et si tu avais tiré par erreur sur un Désinfecteur ? Ou sur un civil ?

– Je… j'ai fait les entraînements. J'ai même fait le

camp de sélection.

– Mais tu n'as pas été sélectionné. Tu n'es pas Désinfecteur.

Son doigt sur la gâchette frétille :

– Il y a des témoins de ton usurpation. Je suis juge, sur ce terrain. Je peux prononcer ta sentence sans attendre.

C'est impossible ! Il ne peut pas faire ça. J'ai bien agi. Je proteste :

– J'ai commis un crime, mais n'oubliez pas que j'ai sauvé deux vies.

Le père s'avance et s'interpose :

– Capitaine, ce jeune Désinfecteur a raison.

– Monsieur, il n'appartient pas à notre caste. Il ne vous a pas secourus, votre fils et vous.

– Ce n'est pas mon fils. Et croyez-moi, si ce garçon n'était pas Désinfecteur avant aujourd'hui, il l'est maintenant.

– Il a volé un habit et une arme, il ne peut pas…

– Écoutez-moi bien ! Je peux vous assurer que ce garçon sera intégré dans un escadron. Vous ne savez pas qui cette recrue vient de sauver de l'attaque des Empestés ?

– Je ne vois pas le rapport entre son comportement et l'enfant…

Le capitaine se tait et fixe le garçon qui se trouve près de moi.

Je le regarde aussi, en me demandant ce qu'il a de si particulier pour que son père soit si sûr de lui.

Je reconnais immédiatement le nez distinctif de sa lignée.

L'homme confirme ce que le capitaine et moi avons compris :

– Capitaine, cet adolescent vient de sauver l'héritier de la famille Miersk. Je suis son tuteur. Grâce à son courage, le descendant du fondateur de Nozophobia est toujours vivant.

# 16

J'ai été raccompagné à la maison par un transporteur de troupes.

Le capitaine n'était pas très heureux de me donner mes directives pour demain, mais je sais que je dois me rendre à l'école et attendre là-bas qu'on vienne m'y chercher.

Je l'ai vu enregistrer le tout dans son journal de bord, donc je sais maintenant que c'est vrai : je viens d'être recruté comme Désinfecteur !

Je suis assis sur les marches du perron et me repasse lentement la scène de l'attaque. Je suis triste pour les victimes de l'assaut du musée. Et je repense à mon père. Il semblait diriger cette armée d'Empestés. Cela signifie qu'il est responsable de toutes ces morts et des Désinfecteurs blessés qui devront être mis en quarantaine. Je ne peux pas y croire…

La porte de ma maison s'ouvre. Je me retourne. Une femme que je ne connais pas en sort. Sur le palier, elle se tourne vers ma mère. Comme elle veut parler, ma mère lui intime de se taire en portant un doigt à ses lèvres.

– Je comprends, Violette.

– À bientôt, mon amie.

La femme descend l'escalier et s'arrête près de moi :

– Tu ressembles vraiment à ton père, me dit-elle.

Je vois bien qu'elle est triste, mais elle esquisse tout de même un sourire avant de s'en aller.

Ma mère reste sur le palier pour la regarder partir :

– Viens, Valek. J'aimerais te parler.

Si elle savait ce que moi j'ai à lui raconter !

Je la suis dans la maison. Ma mère m'attend dans le vestibule. Elle lève une main pour que je m'arrête, puis elle saisit un petit appareil carré sur une marche de l'escalier.

Une lumière bleue clignote sur l'objet. Elle le passe tout autour de moi. Au niveau de ma cheville, mon dispositif de suivi devient rouge. Elle y appuie son appareil et je ressens une petite secousse. La lumière sur l'appareil de ma mère redevient bleue.

– Ils nous espionnaient… murmure-t-elle.

– Quoi ?

– Hier soir, quand tu nous écoutais… ils ont sûrement entendu une partie de la conversation que j'avais avec Oriam. Peut-être seulement la voix la plus grave, sinon ils seraient venus pour moi.

– Mais de quoi tu parles, maman ?

– D'Oriam. C'était sa femme, Sima, que tu as croisée en bas. Nous avons passé la maison au peigne fin et il n'y avait aucune transmission vers l'extérieur.

– Mais que cherchiez-vous ?

– Sima ne croit pas que ce soit un Déréglé en cavale qui ait attaqué son mari. Sa théorie est qu'il a été éliminé par d'autres Désinfecteurs.

J'avais eu la même intuition. Un Déréglé n'aurait pas été capable de tuer un Désinfecteur en armure. Ma mère poursuit son explication :

– Il n'y a rien qui puisse transmettre de l'information autre que nos analyses sanguines. Même la douche de désinfection. Mais ton dispositif de localisation devait inclure un système d'écoute électronique. C'est la seule explication possible.

J'aimerais lui dire qu'elle exagère, qu'elle devrait cesser de penser à ça et plutôt m'expliquer ce qui se passe, mais sur ces entrefaites, Béa arrive de l'école.

– On en reparlera, Valek, ajoute ma mère. Dis-moi, comment était la cérémonie ?

Béa me saute dans les bras :

– Vous avez entendu l'alarme ? Mon enseignante nous a ordonné de nous cacher dans le bunker sous l'école !

Je poursuis :

– La cérémonie n'était pas terminée quand l'alarme a sonné.

– Vous étiez loin du Miersk Museum ?

– Oui, mais…

Comme je raconte ce qui vient de se passer, le visage de ma mère change d'expression. Elle est inquiète, mais je décèle aussi de la fierté dans son regard.

J'omets la partie concernant mon père, pour ne pas inquiéter Béa. Mais je donne des détails sur tout le reste, ainsi que sur mon recrutement.

– Valek, tu as vraiment volé un habit de Désinfecteur et tu t'es battu contre les Empestés ? me demande ma petite sœur.

– Oui, je… je l'ai fait. J'ai agi sans vraiment réfléchir aux conséquences. Ça aurait pu mal se terminer, Béa. Tu comprends qu'il ne faut pas contourner les règles.

– Oui, mais tu es devenu Désinfecteur ! Tu te rends compte ! Tu as réussi ! Tu commences bientôt ?

– Je vais le savoir demain.

– Félicitations, mon fils, me dit ma mère en me serrant l'épaule en signe d'encouragement. Je dois aller travailler. Je compte sur toi pour t'occuper de ta sœur… Monsieur le Désinfecteur !

Elle me fait un clin d'œil.

– Je ne savais pas que tu travaillais ce soir…

– Je remplace une collègue. Je n'avais pas eu le temps de te prévenir.

Je l'observe un moment, mais je ne réussis pas à voir si elle me ment. Je trouve quand même ça suspect. Ses volte-face m'inquiètent. Depuis hier, elle semble changer d'attitude et de discours beaucoup trop souvent.

# 17

J'ai encore mal dormi. Il se passe trop de choses pour que mon cerveau cesse de tourner. Ma mère est revenue ce matin, je l'ai entendue entrer. Je ne sais pas si elle est réellement allée au boulot ou si elle faisait autre chose. D'habitude, elle ne revient pas avant notre départ pour l'école.

Mais aujourd'hui, je ne veux pas trop me poser de questions. Je veux profiter du fait que je serai bientôt un Désinfecteur !

Je me rends à la douche en réfléchissant à tout ça.

Je ne sais pas si les autres le savent, à l'école. Ce genre de nouvelle se propage rapidement, mais je ne pense pas que je sois le sujet de discussion le plus populaire dans Nozophobia.

Une attaque d'Empestés de cette ampleur, c'est du jamais-vu. Des élèves de l'école ont peut-être perdu un membre de leur famille dans l'incident.

Je ne pourrais pas les regarder dans les yeux en sachant que mon père dirigeait tout ce groupe.

Depuis que ma mère est partie hier, je me demande pourquoi on m'a attribué un dispositif-espion.

La seule réponse serait qu'ils se doutent que ma mère est membre de l'AILE.

Tout ça me donne le vertige.

Mais pourquoi cinq ans après que mon père a été renvoyé ? Est-ce en lien avec l'attaque du musée ?

Des coups sont frappés à la porte de la salle d'eau.

– Val, c'est long ! dit Béa.

Je sors de ma réflexion et j'accélère le reste de ma routine : prélèvement, bouillie, cachets.

Livia nous attend dehors. Elle me regarde avec un air intrigué :

– Valek, c'est vrai ce qu'on raconte ? Un garçon a eu l'audace de porter l'habit de Désinfecteur de Ramac et s'est glissé dans les troupes qui ont repoussé les Empestés près du musée. Et la rumeur dit que c'est toi ! Hier, en fin de journée, au boulot, tout le monde en parlait et prenait des gageures sur ce qui t'arriverait. Je vois que tu n'as pas été arrêté.

– C'est même le contraire ! s'exclame Béa. Il a sauvé quelqu'un d'important, il est Désinfecteur, maintenant !

– C'est vrai ? demande Livia.

– C'est ce qu'on m'a dit, mais je n'en sais pas plus.

Livia a un sourire amusé :

– Tu vas devoir expliquer à beaucoup de gens pourquoi tu as enfreint une règle stricte sans avoir de blâme. Tu vas faire face à beaucoup de questions et de frustrations. Je te souhaite bonne chance !

– Tu n'as pas l'air sincère…

Elle nie de la tête :

– Je suis contente que tu t'en sortes aussi bien, parce que les conséquences auraient pu être plus fâcheuses. Des gens ont été étiquetés comme délinquants pour beaucoup moins que ça. Un privilège de la sorte risque de t'attirer de la jalousie et des jugements.

– Merci de ta franchise, Livia.

– Mais de rien !

Elle me fait un clin d'œil, alors que Béa me tire par la main.

– Valek, je ne veux pas être en retard ! J'ai hâte de dire à mes amies que mon frère est un Désinfecteur.

Nous commençons à marcher vers l'école. J'ai l'impression que, dans la rue, les gens nous regardent. Je dépose Béa à son école et je continue vers la mienne.

Évan et Simane m'attendent à l'entrée. Avant même que je puisse les rejoindre, un véhicule protocolaire s'approche de la cour. Le silence s'installe à mesure que les élèves aperçoivent la grosse voiture rouler doucement vers moi.

Un Désinfecteur sort de l'automobile.

Il ne porte pas l'habit gris traditionnel : il est vêtu de jaune, une couleur réservée à la garde personnelle de la famille Miersk.

Il s'avance directement vers moi :

– Valek Mongeau. Suivez-moi.

Un frisson me parcourt le dos. On ne voit jamais les Désinfecteurs jaunes. Ils restent à la tour ou accompagnent les membres de la famille Miersk lors de leurs déplacements.

Un détail me frappe, cependant. Je n'avais pas réalisé que l'enfant du Nakagha se promenait sans escorte lors de l'attaque du musée.

– Je n'attendrai pas toute la journée, ajoute le garde en me désignant la voiture.

Je me rends au véhicule, dont la portière arrière s'ouvre automatiquement. Le garde se dirige de l'autre côté et se glisse sur la banquette, près de moi. Les vitres sont noires, presque opaques. Évan et Simane observent la voiture et semblent olivâtres, dans le filtre des fenêtres.

Un mur nous sépare, le garde et moi, du compartiment avant où se trouve le conducteur.

Dès que nous sommes en mouvement, le Désinfecteur

d'élite se tourne vers moi :

– C'est vraiment toi qui as sauvé le petit ?

J'hésite à répondre, craignant de me faire réprimander.

– N'aie pas peur. Je m'appelle Zayan. Je suis jaune depuis quatre ans, maintenant. On m'a demandé de venir t'escorter ce matin, mais tu n'es pas en danger.

– Oui, c'est bien moi.

– Alors bravo. Tu as réussi à t'acheter une place privilégiée. Par contre, je plains le tuteur.

– Pourquoi ?

– Comment penses-tu qu'il sera récompensé pour avoir clandestinement fait sortir l'héritier pour visiter le musée Miersk ? S'il avait opté pour une journée tranquille, il aurait pu s'en tirer incognito. Il a malheureusement choisi le mauvais moment. Et toi, tu as choisi le bon *timing* pour voler un habit et t'improviser Désinfecteur. La chance des uns fait la malchance des autres.

– C'est pour ça qu'il n'y avait aucun garde particulier avec le petit ?

– Exactement. Hier, le tuteur est parti avec Araël sans le dire aux gardes chargés de sa sécurité. Ils se sont glissés à l'extérieur de la maison d'enseignement. Ils ont emprunté une voiture pour se rendre assez loin et continuer à pied, comme n'importe quel citoyen. Quand nous avons constaté qu'Araël n'était plus sur le terrain de la maison, l'alarme a sonné. Il était trop tard pour le retrouver, avec toute l'agitation dans Nozophobia. Les capitaines avaient pour mandat de le ramener. Disons que le Nakagha a été vraiment surpris d'apprendre qu'un ado qui n'est même pas Désinfecteur avait sauvé son fils.

– J'ignorais que c'était lui. Je ne l'avais pas vu. Il était dans les bras de son tuteur. Je n'ai pas porté attention quand je lui ai enfilé le casque. Je ne l'ai pas fait parce que je savais que c'était un enfant important...

– Et c'est ce qui prouve que tu as ta place parmi les Désinfecteurs. Certains vont t'accuser d'opportunisme. Il ne faut pas que tu te laisses atteindre par ce genre de critique. Je pense que tu as surtout été chanceux que le tuteur te défende. Il aurait pu ne rien dire, et aujourd'hui, tu serais dans la Dézone.

Je ne réponds pas. Nous roulons en silence vers la tour centrale. Quand nous sommes à proximité, Zayan me lance :

– J'espère que tu es prêt à rencontrer le Nakagha !

## *La généalogie des Miersk*

Isidor Miersk (2060-25NT): fondateur de Nozophobia, l'homme était un génie. Il avait eu une vision d'une société qui pouvait exister en dehors du temps, des conflits internationaux et de l'économie mondiale. Il a pris le titre de Nakagha, mot tiré d'une langue antique signifiant « celui qui illumine la voie ». Il a structuré les programmes d'enseignement et d'activités physiques, en plus de participer à la sélection des premiers Désinfecteurs.

Mallair Miersk (2119-76NT): architecte des orphelinats, il a convaincu certaines femmes norms de devenir des Déréglées volontaires, appelées des Sœurs. Il a aussi entrepris les recherches d'un vaccin et d'un traitement pour l'empeste.

Isthair Miersk (50NT-135NT): il a envoyé des troupes de Désinfecteurs en exploration des alentours. Ces troupes ne sont jamais revenues. Après cet échec, il a fermé les laboratoires de recherche sur l'empeste.

Fillor Miersk (110NT-192NT) : il a amorcé la création d'un groupe de Désinfecteurs d'élite pour la protection de sa famille et a vécu reclus dans l'Agrégateur. Il a étudié les effets de l'empeste sur des cobayes provenant de la Dézone. Sous son règne, les Déréglés sont devenus de véritables citoyens de seconde zone. Leur révolte a mené à un laxisme dans les tests de dépistage, ce qui a conduit à une épidémie d'empeste dévastatrice.

Alastair Miersk (180 NT– 242 NT) : curieux et beaucoup plus sociable que ses ancêtres, il était le Nakagha du peuple. Il désirait revenir au but originel de Nozophobia : préparer le monde de demain. Il est mort dans des circonstances nébuleuses. Son fils, Rimor, lui a succédé.

VM

# 18

La voiture se glisse sous la tour, dans un hangar souterrain. Quand le véhicule se stationne, Zayan me regarde :

– Tu as des questions ?

– Y a-t-il un protocole ? Je ne sais pas du tout ce qui se passera.

– Tu ne dois pas le toucher, cette règle est primordiale. Ne t'avance jamais vers lui quand il s'arrête. C'est lui qui décide à quelle distance il veut être, peu importe qui se dresse devant lui.

Dans le hangar, la lumière est blanche, crue, un peu comme dans ma cellule de quarantaine.

– Savez-vous pourquoi il veut me voir ?

– J'imagine qu'il veut te remercier en personne. C'est un privilège, car il reçoit rarement des gens.

Je ne réponds pas, alors que nous marchons vers un ascenseur.

– On va monter à quel étage ?

Zayan me sourit :

– On va descendre. L'Agrégateur abrite les bureaux administratifs de Nozophobia, mais la résidence de Miersk est souterraine.

Quelque part au fond de moi, je connais ces réponses, mais énoncées de la sorte, je trouve qu'elles ont une logique étrangement perverse.

Nous descendons longtemps. Je ne pensais pas que nous pouvions avoir un sous-sol aussi profond sous Nozophobia.

– Avant notre arrivée au niveau inférieur, tu dois revêtir ta combinaison de protection. Le fondateur Miersk n'aimait pas vivre en société. Il a eu un enfant uniquement pour s'assurer de la survie de ses gènes. Il avait trop peur de tomber malade s'il se trouvait en communauté. Ses descendants ont conservé ce trait de caractère, continue le Désinfecteur jaune.

Je le fixe sans comprendre. Je ne savais pas que nous avions besoin d'une protection spéciale pour rencontrer le Nakagha. Par contre, s'il est terré dans les fondations de Nozophobia, il doit faire en sorte qu'aucun contaminant extérieur ne pénètre dans son repaire.

Que son fils ait été dehors en catimini ne devait vraiment pas lui plaire.

Zayan sort un sac hermétique d'un compartiment derrière lui. Il tire vers lui une paroi amovible du mur du fond pour diviser l'ascenseur en deux.

– Enlève tes vêtements et enfile le contenu du sac, me demande-t-il. Range ensuite tes habits dans le sac. Quand tu auras terminé, place-le dans le trou au bas du mur. Tu pourras récupérer le tout en remontant. Quand tu auras placé ton sac, reviens au centre de ta section, sur le point rouge. Mets ensuite tes bras en croix tout en fermant tes yeux et ta bouche. Ne les ouvre pas avant que je te le dise.

J'obéis, et une chaleur irradie tout mon corps sous l'espèce de combinaison étanche. Un jet d'air humide frappe ma peau exposée à l'air libre, suivi d'une nouvelle vague de chaleur.

On me désinfecte au complet, même si je ne suis pas malade.

Quand Zayan me dit d'ouvrir les yeux, il est vêtu d'une combinaison semblable à la mienne, sauf que la sienne est jaune.

Quelques instants plus tard, la porte s'ouvre.

Je trouvais que la lumière dans le hangar était crue, mais ici, elle est encore plus éclatante. Nous sommes dans une grande pièce où sont installés, sur tous les murs, des moniteurs. Ils diffusent des images de Nozophobia, de différents points de vue. Des caméras indétectables doivent être placées à divers endroits stratégiques, parce que je distingue plusieurs parties de la Normzone.

Ces caméras surveillent tout. Elles peuvent voir des gens se réunir. L'évidence me frappe : Oriam a été vu sortant de chez moi, sans aucune raison, à une heure dépassant le couvre-feu.

Après tout ce que j'ai vu et entendu dans les derniers jours, ma présence ici n'est pas anodine. Mon père a été expulsé pour cause d'empeste, même si ce n'est pas inscrit dans son dossier. Mes parents étaient des membres actifs de l'AILE. Mon père a été arrêté pour un motif politique, c'est de plus en plus clair. Nous sommes sous surveillance permanente. Le Nakagha veut sûrement me faire comprendre qu'il voit tout et qu'il sait tout.

Il se trouve devant moi, au centre de la pièce, vêtu d'une combinaison ressemblant à celle des Désinfecteurs. La différence est que sa tenue n'est pas moulée sur son corps. Plutôt ample, elle recouvre ses bras, ses jambes, son torse, son bassin et son cou. Lorsqu'il se retourne, je sursaute : son visage est recouvert d'un masque transparent muni de deux lignes minces, au cou, qui permettent à l'air d'entrer et d'être filtré pour qu'il soit réellement exempt de tout contaminant.

Sa peau est fascinante. Elle est aussi blanche que le reste de la pièce, presque translucide. Ses yeux sont d'un bleu très pâle, et sa peau glabre est imberbe. Il n'a pas de cheveux. Ce qui me frappe aussi, c'est l'absence de sourcils ou de cils.

Et le nez de la famille, si proéminent, si distinctif.

Le Nakagha semble aussi me détailler du regard.

Il hoche la tête et lève une main gantée avant de dire :

– Vous êtes le garçon qui a sauvé mon fils ?

# 19

Je hoche la tête pour confirmer son hypothèse. Le Nakagha me tend la main. Je ne sais pas trop comment réagir, alors je jette un coup d'œil à Zayan.

D'un mouvement de tête, il me confirme que je peux la serrer.

Je tends la main à mon tour et j'attends.

Le Nakagha fait un pas vers moi, et nos gants se touchent.

– Vous avez sauvé ma lignée, merci. Je ne suis pas de ceux qui se réjouissent en grande cérémonie. Je n'apparais jamais en public. Je suis un Miersk. Rimor Miersk. Vous ne le savez peut-être pas, mais mon rôle est plutôt symbolique, ici. Le système est presque totalement automatisé, avec les Désinfecteurs pour s'assurer que tout fonctionne comme prévu par mon aïeul.

Il ne lâche pas ma main. Je ne sais pas si je dois la retirer ou s'il est préférable que je la laisse dans la sienne. Il me fixe dans les yeux, aussi, et c'est intimidant. J'ai l'impression que ses yeux peuvent lire en moi, ou même à travers moi, comme s'il avait une lucidité hors norme.

– C'est… intéressant de voir un visage qui semble surgir du passé. Je connaissais votre père, avant qu'il soit Empesté.

Je reste figé. Ma présence ici est manifestement un avertissement.

– Je suis désolé pour vous. C'est vraiment une maladie aux conséquences fâcheuses. Je vous remercie d'avoir sauvé mon fils. Je n'aurais pas voulu qu'il succombe à ce fléau.

Il lâche ma main en émettant un petit rire.

Il se tourne pour regarder les écrans et lève les mains. Tous les moniteurs affichent différentes images qui changent au rythme de ses mouvements. Des images provenant de décors semblables, mais montrant des pièces différentes apparaissent dans tous les écrans.

Je reconnais le tuteur d'Araël. Il est nu, dans une pièce vide.

Dans trois autres écrans, trois hommes musclés, tout aussi dévêtus, semblent trouver le temps long. L'un d'eux pleure, les deux autres restent stoïques.

– Vous les voyez ? me demande le Nakagha. Ils savent que je suis mécontent de leur attitude. Ils ignorent quel sera le châtiment pour m'avoir désobéi, mais je ne peux pas laisser passer une telle offense. On doit me demander la permission pour quitter l'école. Le tuteur ne l'a pas fait, car il savait que j'aurais refusé. C'est trop dangereux. Araël aurait pu attraper un virus en se trouvant dans une aussi grande foule. Nozophobia a beau être sûre, nous sommes de constitution fragile, dans la famille.

Je ne dis rien. Je ne suis pas du tout à l'aise. Le Nakagha me donne l'impression de ne pas être totalement là, comme s'il vivait dans une réalité parallèle. Il continue son monologue :

– Certaines personnes croient qu'elles peuvent se permettre de défaire l'équilibre délicat que nous avons établi dans notre société.

J'ai une pensée pour mon père. Je suis certain que le Nakagha ne parle pas que du tuteur. Il poursuit :

– Il y a un principe qui me tient à cœur : l'homéostasie. Savez-vous ce que c'est, jeune homme ?

– Non, je ne connais pas la définition de ce mot.

– C'est la tendance d'un système à tendre vers la stabilité. Le retour au juste milieu, l'absence de modifications à long terme. C'est pour ça que nous avons une zone de quarantaine. Nous pouvons nous assurer de ne pas faire d'erreur.

Sans me quitter des yeux, il poursuit :

– Ceux qui dérèglent l'homéostasie sont un danger pour notre société. Heureusement, l'avantage de l'empeste, c'est que la maladie se manifeste parfois chez des sujets en apparence parfaitement sains.

Sur les écrans, une fumée surgit, comme si elle venait du sol des différentes cellules. Les quatre hommes se saisissent la gorge, comme s'ils peinaient à respirer. Ils s'effondrent au sol presque tous en même temps. Ils ne sont pas morts. Ils respirent encore. Je vois leurs poitrines se soulever avec difficulté. La brume sur les écrans devient de plus en plus opaque.

– Je ne laisserai personne mettre en danger ma société, dit froidement le Nakagha.

Dans le long moment qui suit, un lourd silence s'installe. J'ai l'impression d'entendre ma respiration saccadée et mon cœur battre la chamade. Je n'ai pas besoin d'en savoir plus. J'ai compris que la mort d'Oriam n'est pas accidentelle. Je sais maintenant que ma mère joue avec le feu. Quand le docteur Arkson m'a dit de la surveiller, il devait savoir que des caméras étaient dissimulées partout. En même temps, il avait sûrement conscience que le dispositif à ma cheville enregistrait tout.

La brume se dissipe. Les quatre hommes ont changé. Leur peau est tavelée, parcourue de déchirures, de pustules et de boutons. Leurs cheveux ont disparu par touffes, laissant voir seulement quelques poils épars. Et leurs yeux sont d'un blanc laiteux, sans aucune couleur, comme s'ils avaient perdu tout pigment.

C'est une vision d'horreur. Le Nakagha reprend son monologue :

– Oh, ils auraient dû être plus prudents. On ne détruit pas l'équilibre sans en subir les conséquences. Toute cette société a été créée pour permettre la survie de ma lignée. Sans nous, tout ceci n'a aucun sens.

Il me scrute pendant un long moment. Je me sens jaugé par son regard pénétrant. Je crois qu'il tente de décider s'il me fait confiance ou s'il m'exécute sur-le-champ.

– Comme vous le voyez, la garde personnelle de mon fils n'a pas été à la hauteur de sa mission. Mais comme vous vous êtes distingué en le sauvant d'une contamination d'Empestés, je tiens à vous récompenser. Je ne suis pas satisfait des agissements du tuteur, mais je partage son opinion sur un point : vous méritez amplement un poste de Désinfecteur pour votre bravoure. Vous avez prouvé que vous êtes capable d'accomplir cette tâche. Et cette attaque d'Empestés a justement libéré quelques positions parmi les escadrons de votre quartier.

Mon rêve de devenir Désinfecteur se réalise enfin !

Je devrais être ravi, mais avec ce que je viens de voir, je suis confus. Je souris quand même, pour l'apparence. Le Nakagha doit croire que je suis totalement heureux de ma nomination.

– Je vous remercie du fond du…

– Dès maintenant, vous n'êtes plus élève. Vous êtes un Désinfecteur. Vous suivrez l'entraînement de vert. Si vous avez ensuite les aptitudes, vous rejoindrez la garde personnelle de mon fils. Vous méritez d'avoir la chance extraordinaire d'accomplir cette mission sacrée. Après tout, vous avez déjà sauvé Araël une fois, c'est plus que quiconque dans nos gardes d'élite.

# 20

Zayan me ramène vers l'ascenseur. Une fois tous les deux entrés et la porte refermée, il enlève son casque et me fait signe de l'imiter. Le chuintement d'air pressurisé que j'entends m'apporte un étrange soulagement.

Zayan tire vers lui le mur rétractable :

– Tu peux enlever ta tenue et remettre tes vêtements d'extérieur. Je vais t'accompagner, en voiture, à ton poste de quartier.

– C'est déjà fini ?

– C'est lui qui décide.

J'enfile mon pantalon et mon t-shirt avant de relancer la conversation :

– C'étaient vos amis ?

– Je les connaissais. Nous étions dans le même escadron, voué à la protection de l'héritier. Si j'avais été en protection rapprochée, hier, je ne serais pas là avec toi.

– C'est affreux, non ?

– Notre mission sacrée, chez les jaunes, est de

s'assurer que la lignée Miersk se perpétue.

Je me souviens que mon père disait parfois : « Ce n'est pas parce qu'on a toujours répété le même geste de la même façon que c'est la meilleure manière de le faire. »

Il y a cependant quelque chose qui m'intrigue.

– Quand vous dites que c'est votre mission sacrée, ça signifie quoi ?

Il replie la cloison rétractable et m'observe un bon moment :

– Tu n'as aucune idée de ce qui va t'arriver ?

– Non, pas vraiment. Il y a une semaine, mon objectif était de devenir Désinfecteur. J'avais juste fait les sélections. J'espérais avoir bien performé pour être recruté. Ce n'est pas moi qui ai été sélectionné et là… je ne pensais pas que je serais choisi pour devenir Désinfecteur d'élite.

Il sourit :

– La vie fait parfois bien des détours. Avant d'être envoyé ici, je fréquentais une jeune femme et je travaillais comme Désinfecteur. J'avais un second plan de carrière : m'enrôler comme enseignant, parce que j'aime programmer les séquences d'apprentissage. À la place, j'enseigne aux nouveaux Désinfecteurs d'élite.

– Pourquoi n'avez-vous pas démissionné pour suivre

votre passion ?

– Un jour, il y a eu des sélections pour remplacer quelques jaunes partis à la retraite. Les jaunes habitent ici, dévouent toute leur vie à la protection de la famille Miersk. Ils ne peuvent pas se marier ni avoir d'enfants. Notre condition est la même que celle des Déréglés : nous vivons à l'écart, et ne pouvons pas nous reproduire.

– Mais vous auriez pu éviter ça, non ? Si vous aviez quitté…

– J'ai été invité, et voilà, je suis là devant toi.

– Vous auriez pu décliner cette offre si vous aviez d'autres plans ?

L'ascenseur s'arrête. Zayan fait quelques pas vers la sortie avant de se retourner vers moi et de me regarder dans les yeux :

– Quand le Nakagha t'invite, tu ne peux pas décliner, Valek. Si j'avais dit non aux sélections, penses-tu que je serais dans une école en train de programmer des séquences intéressantes pour des ados allumés ?

– Mais…

Il lève un doigt pour me faire signe de me taire :

– C'est comme ça. Ce que Miersk veut, Miersk l'obtient. Il a décidé que tu deviendrais un Désinfecteur jaune après ta formation de base. Je n'ai qu'un conseil pour toi : accepte ton destin. Tu ne peux pas l'éviter.

– Et si j'étais un mauvais Désinfecteur ? Il ne me choisirait pas pour m'occuper de son fils ?

Zayan se rapproche de moi :

– Il entend tout. Il sait tout. Il est le premier Nakagha à s'être débarrassé de l'AILE. Si tu tentes de déjouer ses plans, tu as peu de chances de réussir. Il ne laisse rien ni personne empêcher que sa volonté s'accomplisse.

Un homme vêtu de noir, chauve et imposant, nous attend près d'une voiture et s'assoit sur le siège avant, quand Zayan ouvre sa portière.

J'ai de la difficulté à avancer. Pourquoi poser un pied devant l'autre quand je viens de réaliser que ma vie prendra une tournure imprévue ? J'ai bien compris l'allusion de Zayan : si je tente de saborder mon entraînement de Désinfecteur, le Nakagha n'acceptera pas mon manque de compétence. Je ne serai pas tranquille chez moi. Il m'inoculera l'empeste ou m'obligera à devenir jaune pour mieux m'éliminer ensuite.

Je suis certain que Zayan ne confirmera pas mon hypothèse.

Je le rejoins finalement à la voiture et je m'assois près du Désinfecteur jaune. La voiture démarre et s'engage dans le chemin qui mène à la porte du hangar.

Nous roulons dans la rue tranquille, entre les

bâtiments aux couleurs altérées par les vitres teintées du véhicule. Autour de l'Agrégateur, les habitants sont rares à cette heure-ci, car aucun flâneur ne se promène. Tous les gens qui fréquentent les environs sont dans les usines ou dans les laboratoires, au travail. Sans se douter que le Nakagha les surveille étroitement.

Je me demande ce que ma mère va penser de ma découverte. J'ai eu la confirmation que le Nakagha est quelqu'un de dangereux ! Cet homme a la mainmise sur nos vies. Il a transmis l'empeste à des citoyens ! Ce qu'il leur a fait est pire que de les avoir exécutés. Ils ont souffert et souffriront encore, une fois en dehors des murs. Leur corps est désormais recouvert de plaies purulentes, et leur intelligence réduite à celle d'animaux sauvages.

Je ne sais pas comment assimiler tout ce que je viens d'apprendre.

Il y a une chose à laquelle je n'ai pas encore pensé : si mon père n'a pas l'empeste et qu'il vit dehors, cela veut dire qu'on peut le retrouver ! Je pourrais lui parler, en apprendre plus sur ce qu'il avait découvert…

– Tu sembles bien pensif, Valek, dit Zayan.

– Je réfléchis à ce qui vient de se passer. Je me sens au bord d'un précipice.

– Tu n'as pas tort, mais suis mon conseil : accepte ta

nouvelle réalité. Nous arrivons à ta station.

Dehors, un escadron de Désinfecteurs attend au bas de l'escalier menant au poste. Je reconnais aisément Évan, dans la file, un grand sourire au visage.

Ils savent que je serai bientôt là ! C'est pour ça que mon meilleur ami est aussi content.

Zayan ouvre la portière et s'approche du capitaine. Ce dernier claque les talons et effectue le salut envers un officier de plus haut rang.

Il lève la main droite à son front, pose le bout de son index et de son majeur sur la tempe, en plaçant sa paume ouverte vers Zayan.

Les Désinfecteurs l'imitent. Zayan lève une main et leur fait signe d'arrêter leur salutation. C'est la première fois que je vois ce genre d'agissements. C'est peut-être une manière pour le capitaine de marquer le respect dévolu aux Désinfecteurs jaunes.

Je sors à mon tour de la voiture et je m'avance près de Zayan. Le capitaine me toise de haut en bas :

– Vert Mongeau ? Je ne m'attendais pas à avoir sous mon commandement un novice aussi rapidement.

J'acquiesce de la tête. Je sais très bien que l'attaque des Empestés lui a fait perdre deux hommes. Ils ne sont pas dix ; ils ne sont que huit, plus le capitaine.

Celui qui a tiré Jasob en pleine tête.

– Désormais, vous m'obéissez, Vert Mongeau. Mes Désinfecteurs sont les meilleurs de ce poste, et ce poste est le meilleur du quartier. Malgré nos habits d'apparat, nous avons affronté les Empestés en perdant seulement deux hommes. Comment avons-nous fait ?

Je ne sais pas si je dois répondre ou pas.

– C'est à vous que je parle, Vert Mongeau !

– Désolé, capitaine.

– Ne soyez pas désolé, me dit-il d'un ton sec. Répondez à la question, ce sera plus simple.

– Parce que vous êtes les meilleurs ?

– Nous sommes une équipe. Nous avons confiance les uns envers les autres et en nos capacités respectives. Prenez le rang avec vos nouveaux camarades. Vous êtes maintenant un Désinfecteur.

Je me rends au bout de la rangée. Évan me fait un clin d'œil quand je passe devant lui. Sur son habit gris, le V était vert il y a une semaine. Il est devenu bleu quand une nouvelle recrue est arrivée. Et maintenant que je suis le nouveau, Évan porte une bordure d'un beau blanc crème. À côté de lui se tient la nouvelle recrue, l'intello de vingt ans.

La bande verte sera la mienne.

Zayan me regarde et hoche la tête à mon égard. Je le suis des yeux pendant qu'il remonte dans la voiture.

Quand le véhicule commence à s'éloigner, le capitaine vient se planter devant moi :

– Les vacances sont terminées ! me dit-il.

## *L'activité physique*

Dans la Normzone, on encourageait davantage le dépassement individuel que le sport d'équipe. Chaque citoyen était tenu à un certain degré d'activité quotidienne. Un Nozophobien qui ne désirait pas entretenir son corps pour être à l'abri des maladies métaboliques pouvait librement choisir d'habiter la Dézone. Cette décision irréversible était peu prisée par les habitants.

Chaque citoyen était donc incité à s'adonner à l'entraînement cardiovasculaire et à la musculation de manière contrôlée, avec la supervision de spécialistes du mouvement et de la santé physique. Un suivi était effectué pour s'assurer que la masse musculaire de tous les citoyens était bien équilibrée. Le développement des capacités cardiorespiratoires était aussi contrôlé : des standards de vitesse et d'endurance devaient être atteints et maintenus par tous les Nozophobiens.

L'entraînement ultime était constitué d'une succession de circuits composés d'épreuves aléatoires. Ces derniers sollicitaient différents muscles et étaient perçus comme la meilleure façon d'assurer flexibilité, agilité et force.

Quand un citoyen aspirait à devenir Désinfecteur, il devait aussi savoir se défendre au corps à corps. La discipline pratiquée était un hybride entre divers arts martiaux et intégrait aussi des notions de boxe et de combat de rue. Tout était maximisé pour maîtriser rapidement l'adversaire, qu'on veuille l'arrêter, le blesser ou le tuer.

Dans ces différentes formes d'entraînement, tout était pensé pour qu'on sache se défendre et survivre aux éventuels assauts des Empestés.

VM

# 21

Le capitaine siffle la fin de l'entraînement. Je reste étendu au sol. Je suis exténué après mes trois heures de pratique de combat rapproché avec des Désinfecteurs vétérans.

Je crois que les soldats étaient très heureux de laisser sortir la pression des derniers jours sur un petit nouveau.

Évan s'approche de moi pour m'aider à me relever. La salle de combat est silencieuse, grâce à ses tapis absorbant les chocs. Tous les autres sont partis. Évan n'a pas été le moins bon en combat. Il m'a même fait tomber assez violemment à quelques reprises.

– Tu t'es bien défendu, Val !

– Tu trouves ? J'ai été ridicule.

– Ridicule ? Si tu avais imploré le capitaine d'arrêter, tu aurais été risible. Tu as toléré ça beaucoup plus longtemps que moi ou que Mino.

– Eh bien, je ne sais pas si je pourrai recommencer demain…

– Le capitaine m'a demandé de te remettre une pastille Antiflex. Tu en auras sûrement besoin pour ta première nuit, si tu veux être en forme demain. Prends-la ce soir, avant de te coucher ; tu verras, l'effet est instantané. Demain, tu te sentiras comme neuf.

Je prends la pastille et je la glisse dans ma poche.

– Je te raccompagne chez toi ?

J'accepte volontiers. Je réussis à mettre un pied devant l'autre jusqu'à la maison. Sur le chemin du retour, je remarque de nouveau les regards tournés vers moi. Cette fois-ci, ce ne sont pas des coups d'œil outrés. Non, ces regards sont admiratifs devant mon costume.

Soudain, un homme s'approche de nous. Dans ses yeux, je vois de la colère. Il me toise, fixe Évan quelques secondes, avant de reporter son attention sur moi.

– Tu es une honte. Ton père te cracherait au visage s'il te voyait !

– Vous lui devez le respect dû aux Désinfecteurs, Monsieur, dit Évan.

– Toi, je ne t'ai pas sonné, réplique l'homme.

Évan tend la main vers son bâton rétractable, à sa ceinture. Je pose la mienne sur son poignet pour l'arrêter, parce que je sais ce que l'homme veut dire.

Il connaissait probablement mon père et fait allusion à sa vie secrète.

Cet homme est peut-être un sympathisant de l'AILE.

– C'est bon, Évan.

– Tu ne dois pas te laisser insulter, Valek. Nous protégeons cette vie dont ils bénéficient, ils doivent respecter notre statut.

– Vous n'êtes que des imbéciles à la solde d'une famille arrogante, continue l'inconnu.

Je n'ai pas le temps de retenir le bras d'Évan. Il dégaine son bâton rétractable et appuie sur le déclencheur. Il pointe ensuite le bout de l'arme vers la poitrine de l'autre.

L'homme se retrouve au sol, en convulsions. Surpris, je regarde Évan :

– Je croyais que notre travail était de protéger la Normzone contre les Empestés et les Déréglés ?

– Oui, mais on doit aussi remettre les contrevenants à leur place, rétorque Évan. Il t'a manqué de respect, Valek. Vu ses paroles, je pourrais l'arrêter pour propos abusifs envers la famille Miersk.

L'homme se tord de douleur par terre. Pris de tremblements, il se frappe le visage sur le revêtement rugueux du sol à plusieurs reprises.

– Je ne comprends pas ce qu'il voulait dire. Ton père

serait sûrement fier de toi, Val.

Après cet incident, mon ami se dirige vers l'orphelinat, et moi, vers la maison. Je me sens mal pour l'inconnu et j'aurais envie de l'aider. Mais je ne peux pas, les Désinfecteurs ne doivent pas éprouver ce genre d'émotion.

Je soupire de découragement. Même si je voulais me retirer du processus, je ne le pourrais pas.

Une fois chez moi, je me rends à ma chambre. Je m'étends sur mon lit, en fixant le plafond. Je n'ai pas envie d'être insensible comme le sont les Désinfecteurs. Évan était même cruel, il y a quelques minutes. Peut-être que je deviendrai comme ça, avec l'entraînement intensif. J'ai mal partout et je me sens fatigué. J'ai beau fermer les yeux, je ne peux pas me détendre : je ressens trop chaque coup qui m'a été porté par mes nouveaux collègues.

Des coups frappés à la porte me tirent de mes réflexions.

– Valek ? C'est l'heure, dit ma mère en ouvrant ma porte.

– L'heure de quoi ?

– Fais-moi confiance. Habille-toi de noir.

– Pourquoi ?

– Nous sortons.

– Mais le couvre-feu…

– Tu voulais tout savoir ? C'est maintenant.

Je me lève péniblement de mon lit. Je ne peux pas laisser passer cette chance de connaître enfin la vérité. Je m'inquiète cependant d'avoir à sortir de chez moi après le couvre-feu. Après tout, Oriam est mort, l'autre soir, en quittant notre maison.

Sur ma table d'apprentissage, je lorgne la pastille Antiflex. Je ne connaissais pas ce médicament qui détend les muscles après un entraînement ardu. Je ne pourrai pas me déplacer subtilement si je dois me frotter le bas du dos tous les deux pas.

Dès que le produit commence à fondre dans ma bouche, je ressens un soulagement intense aux jambes.

Je dévale l'escalier pour rejoindre ma mère, qui m'attend avec Sima, la femme d'Oriam. Elle tient dans ses mains un bout de tissu noir, de la taille du module attaché à ma cheville.

– Nous allons coupler la fréquence de ton traceur avec celle de la maison. Personne ne pourra savoir que tu as quitté ton domicile, m'explique-t-elle.

– Comment savez-vous tout ça ?

– Je travaille au département de Développement technologique. C'est pour ça que je savais comment faire pour que ton transmetteur vocal ne puisse plus t'espionner.

– Mais si quelqu'un écoute, il verra que c'est inactif…

Elle me fait un clin d'œil :

– Ta transmission vocale est déjà désactivée depuis ce matin. Le coupleur de fréquence sera suffisant pour ce soir.

Elle s'agenouille et, à l'aide de son tissu noir, recouvre le module rectangulaire du traceur.

– Voilà, nous sommes prêts, dit Sima en se relevant.

– Attendez. J'ai vu aujourd'hui que des caméras surveillent toutes les rues. Comment allons-nous les déjouer ?

– Nous utiliserons les souterrains pour la majeure partie des déplacements vers la maison d'accompagnement psychologique.

Je n'ai jamais visité de MAP. Je les suis vers le placard arrière de la maison. On y trouve des souvenirs que mes parents gardent de leur enfance, des outils désuets et les possessions de mon père, inutilisées depuis cinq ans.

Sima déplace quelques boîtes afin de dégager un espace assez grand pour accéder au mur du fond. Elle appuie sa main sur une zone précise de la cloison, ce qui fait glisser une trappe dans le plancher de la penderie.

Je m'étonne :

– Mais c'est quoi, ce passage ?

– Plus personne ne s'en préoccupe, mais à la fondation de Nozophobia, des tunnels reliaient toutes les habitations. Ils ont été peu utilisés, et même les équipes de nettoyage et d'entretien ne s'en servent presque plus.

Ma mère m'observe, et je confirme :

– Kaleth ne m'a jamais parlé de galeries qui permettent d'aller plus loin que les cuves de filtration.

– Et pourtant, il passait sa vie dans les souterrains, dit ma mère.

– Oriam se servait toujours de ces passages, sauf quand il est venu ici l'autre soir, murmure Sima.

Elle fixe ma mère, qui l'affronte du regard.

– Il connaissait les risques. Si je n'avais pas eu besoin de lui parler d'urgence, je ne lui aurais pas demandé de venir me voir. Et maintenant, mon propre fils a été ciblé par le Nakagha.

– Tu as raison, Violette, soupire Sima. Mon mari sera peut-être le symbole dont nous avions besoin pour redonner des ailes à notre projet.

Elle me jette un coup d'œil en coin. J'ai bien compris l'allusion.

– Allez, on nous attend, ajoute-t-elle.

Sima se glisse par la trappe et ma mère m'invite à y aller en second. Je m'agenouille et me faufile par l'ouverture. Ma mère me suit, en prenant une pause pour se retourner et tirer vers elle quelques cartons pour refermer cet espace.

– Et Béa ? On la laisse seule ?

– Ne sois pas inquiet, elle ne se réveillera pas.

Dans le souterrain, Sima allume une lampe de poche pour éclairer notre chemin. Elle la pointe vers les parois lisses et j'y vois un système d'éclairage désactivé.

– Tout est encore branché, mais personne n'a de raison de les allumer, précise-t-elle.

Nous marchons sur plusieurs dizaines de mètres et nous tournons à droite et à gauche à quelques reprises, de sorte que je perds rapidement mes repères. Je ne sais plus sous quel bâtiment nous nous trouvons quand vient le temps de quitter le souterrain.

– Devant nous, le tunnel devient impraticable, murmure Sima. L'effondrement date de plusieurs années. La maison a été rebâtie, mais le sous-sol n'a jamais été déblayé. Il faut remonter et sortir par la cour arrière. Il y a exactement 457 mètres entre la porte de la maison et la fenêtre de la MAP.

– On doit franchir cette distance en courant, entre deux rondes de Désinfecteurs, intervient ma mère.

– Et si on se fait prendre ?

Sima m'observe un long moment avant de répondre :

– On sera classés Déréglés, ou pire encore. Ils découvriront notre réunion, et les derniers représentants de l'AILE seront éliminés. Tout espoir de changer Nozophobia sera perdu.

# 22

Nous remontons dans une maison vide, identique à la mienne. Sima m'explique qu'après l'effondrement souterrain, la bâtisse a été reconstruite, mais seulement pour l'apparence. Elle ne sert pas, mais un terrain vide à cet endroit défigurerait le paysage et l'harmonie de la Normzone.

Sa proximité avec la MAP en fait le meilleur endroit pour les rencontres.

Lorsque nous sommes tous les trois remontés, ma mère referme la trappe. Une couche de poussière recouvre le plancher. Quiconque entrerait ici verrait les traces de pas des comploteurs qui passent de la trappe à la porte arrière.

– Ce n'est pas très discret, non ?

– Personne n'utilise cette maison, mis à part nous, répond Sima.

Nous nous rendons vers la porte arrière. Elle n'est pas verrouillée.

– Nous ne sommes pas les premiers, Violette.

– C'est parfait. J'avais peur que le message ne soit pas arrivé.

– Je crois que tu peux déjà compter sur la présence d'au moins quelques amis.

J'aperçois un Désinfecteur qui marche autour de la MAP, en pointant sa lampe de poche vers le sol pour voir où il pose le pied.

C'est une tâche étrange de s'assurer que personne ne perturbe le repos des gens qui séjournent dans la maison d'accompagnement. J'espère ne jamais y être assigné.

Après le passage du Désinfecteur, Sima ouvre la porte vitrée et se laisse glisser au sol. Au moment où ses pieds touchent terre, elle s'élance dans un sprint effréné.

Je l'observe, mais dans l'obscurité ambiante, toute personne aurait du mal à la distinguer avec ses vêtements noirs et son bonnet qui couvre ses cheveux. Quand Sima atteint l'autre côté, elle se penche sous une fenêtre, prend appui avec ses mains sur le rebord de celle-ci et saute pour basculer dans la maison, où ne brille aucune lumière.

– Tu te sens prêt ? Après l'arrivée du prochain Désinfecteur, tu pourras y aller.

L'attente me paraît interminable. Nous patientons

dans le silence, mais il ne s'écoule pas plus de trente secondes avant que la lueur de la lampe torche devienne à nouveau visible.

Ma mère m'incite à me préparer en posant sa main dans mon dos.

Le Désinfecteur passe devant nous d'un pas lent, en balayant le sol de droite à gauche avec son appareil lumineux. Je sens le stress me gagner quand il ralentit, en ligne droite entre les deux maisons, et qu'il scrute le sol avec plus d'attention que tout à l'heure. C'est peut-être moi qui m'inquiète pour rien ou qui imagine qu'il a modifié son pas. Il continue son chemin et disparaît bientôt au coin de la MAP.

– *Go !* me dit maman.

Je descends et, dès que mes pieds touchent le sol, je m'élance. Ma foulée est bonne.

J'atteins la MAP, je m'arrête dans les cailloux qui recouvrent le sol et je m'agrippe au rebord de la fenêtre. Je plie les genoux et me propulse de toutes mes forces, tout en me tirant de mes bras.

Je bascule dans la pièce et j'y atterris sur le derrière. Sima m'aide à me relever et, ensemble, nous observons l'extérieur. Quelques secondes plus tard, j'aperçois la lueur de la lampe torche du Désinfecteur de garde.

Il passe devant nous comme si tout était normal.

Dès qu'il tourne le coin, c'est au tour de ma mère de nous rejoindre.

Elle se laisse descendre à l'extérieur de la maison, mais elle ne se met pas à courir tout de suite. Il y a un délai.

– Pourquoi ne court-elle pas ? murmure Sima.

Ma mère marche plutôt lentement. Elle avance en clopinant, comme si elle ne pouvait pas supporter tout son poids.

Le temps presse. Je me lève pour aller à sa rescousse.

– Qu'est-ce que tu fais, Valek ? Tu ne dois pas ressortir…

– Je vais l'aider !

– Non, il faut avertir les autres de fuir. Si nous nous sauvons, nous pouvons continuer…

– Mais ma mère va y passer !

Je savais que le Désinfecteur allait arriver. Ma mère le comprend aussi. Elle se retourne en espérant parvenir à la maison vide avant lui.

Je ne peux pas laisser ma mère se faire capturer. Je m'extirpe par la fenêtre par laquelle je suis entré et j'esquisse quelques pas pour la rattraper quand j'aperçois une lueur au bord de la maison.

Je m'immobilise sur les cailloux. Cela me donne une idée !

J'en saisis un de bonne taille et je le lance de toutes mes forces du côté du Désinfecteur. La pierre atteint quelque chose de métallique et la lampe de poche braque son faisceau vers l'autre direction !

Comme mon plan fonctionne, j'en lance deux autres, qui tombent à proximité du premier. Le Désinfecteur s'avance dans cette direction au pas de course. J'en profite pour sprinter vers ma mère.

– Qu'est-ce que tu fais, Valek ? m'apostrophe-t-elle, quand je passe un bras autour de sa taille.

– Je viens t'aider.

Je l'escorte ainsi jusqu'à la MAP et la pousse par la fenêtre.

Sima me regarde avec de gros yeux, mais elle ne dit rien. Avant que le Désinfecteur ne revienne, nous aidons ma mère à se lever pour nous rendre jusqu'à une salle de réunion, en plein cœur de la bâtisse silencieuse.

Ma mère s'est tordue la cheville gauche et ne peut plus y déposer son poids. C'est ce qui l'a retardée.

En arrivant devant la porte de la salle de réunion, Sima frappe discrètement.

La porte s'ouvre.

C'est Livia.

# 23

Nous entrons dans une salle meublée d'une grande table entourée de chaises. Plusieurs personnes y prennent place, mais je n'en connais aucune, à part Livia.

Elle me sourit, gênée :

– Valek, je suis contente de te voir ici.

Je ne réponds pas et j'aide ma mère à se rendre jusqu'à une chaise.

Une femme aux cheveux noirs s'approche d'elle et s'agenouille pour examiner sa cheville.

– Tu n'as rien de cassé, Violette, mais tu aurais pu te faire mal.

– Descendre par la fenêtre était plus facile quand j'étais plus jeune ! rétorque ma mère.

– Peut-être, mais tu devras être prudente dans tes déplacements. J'ai quelque chose pour engourdir la douleur, mais tu devras faire semblant de te blesser demain, au travail, pour obtenir le traitement approprié.

– Merci, doc.

Cette femme est donc médecin. Je me demande quel est le profil des gens qui siègent autour de cette table. Ils sont tous vêtus de noir, comme nous, parce qu'ils ont probablement emprunté des routes qui ne sont pas exclusivement souterraines.

Tous ceux qui sont ici ont risqué leur vie pour cette rencontre.

Zayan, le Désinfecteur jaune, disait que le Nakagha avait éliminé l'AILE. Pourtant, me voilà dans une réunion où ma mère dirige ce qui reste du groupe de rebelles.

Ma mère avale les deux cachets que lui remet la docteure et m'invite à prendre place sur la chaise libre.

– Je vous remercie tous d'être venus, dit Violette. Je vous présente mon fils, Valek.

– On s'en doutait… il ressemble à son père, lance un grand homme mince, assis en face de nous.

– Merci, Irmon… Si je vous ai convoqués ici, c'est parce que des développements me laissent croire que l'AILE n'aurait pas dû cesser ses activités. Valek, nous sommes ceux qui croient que ton père avait raison.

Ma mère parle, mais je ne peux détacher mon regard de Livia.

– Raison sur quoi ?

– Ton père était conseiller de l'ancien Nakagha, Alastair Miersk. Quand il est mort subitement, ton père s'est posé des questions. Quand il a vu que Rimor, son successeur, changeait des façons de fonctionner et ne respectait pas le plan original de Nozophobia, il a décidé de rejoindre ceux qui protestaient en silence contre la pensée unique.

Je hoche la tête pour lui montrer que je la suis :

– Et vous, vous pensez comment ?

– Nous croyons que Nozophobia est figée dans le temps. La façon dont la famille Miersk dirige la Normzone comme la Dézone est désuète. Les membres de cette famille ne sont pas nécessairement les meilleurs dirigeants pour nous. Ton père souhaitait revenir aux volontés d'Isidor Miersk : libérer les habitants pour reconquérir le monde.

– Et vous êtes tous ses complices ?

– C'est complexe, Valek, mais oui, nous souhaitons tous changer le fonctionnement de Nozophobia.

– C'est ce qui vient de tuer Oriam, répond une femme aux cheveux gris.

– Il était d'accord avec moi, énonce ma mère. Vous connaissez tous les risques. Rimor Miersk est le plus fou de tous les dirigeants que Nozophobia a connus.

– Pourquoi nous convoquer après cinq ans, Violette ?

– Parce que nous ne pouvons plus permettre que nos enfants soient en danger.

Irmon soupire :

– Qu'y a-t-il de nouveau ? Après l'arrestation de Bergon, nous avions décidé que c'était trop risqué de continuer. L'AILE avait été démantelée.

– J'ai croisé Arkson, quand Valek a été mis en quarantaine, rétorque ma mère. Il a été surpris d'apprendre que Bergon avait reçu le diagnostic de l'empeste. Ce n'est pas inscrit dans son dossier. Il ne serait pas malade. Il a été arrêté parce que le Nakagha a eu vent de quelque chose.

– Qu'est-ce qui nous prouve qu'il n'est vraiment pas malade ? rétorque Irmon.

– Je l'ai aperçu !

Tous se tournent vers moi.

Je n'ai jamais vu autant de visages stupéfaits en même temps.

– C'est lui qui menait l'attaque des Empestés. J'en suis certain. Les malades étaient là pour le protéger pendant qu'il s'introduisait dans le musée. Et il n'était pas du tout souffrant. J'ai rencontré le Nakagha et il m'a menacé à mots couverts.

– Tout ça prouve que nous avions raison il y a cinq ans, reprend ma mère. J'ai l'impression que Bergon travaille de son côté à provoquer des événements. On s'est toujours doutés que l'AILE continuait d'exister en dehors de Nozophobia, que les Miersk exilaient parfois des conspirateurs sous de fausses raisons. Nous détenons désormais assez d'éléments pour valider nos hypothèses. Le combat n'est pas terminé.

Le silence s'impose quand ma mère cesse de parler. Tous les conspirateurs semblent prendre le temps de réfléchir.

– Un changement est nécessaire. Nous pourrions vivre dans un environnement sain, sans craindre de voir apparaître à nos portes les Désinfecteurs, déclare un homme. Un gouvernement démocratique, le traitement pour tous les citoyens, la reconquête du monde extérieur, comme prévu par Isidor Miersk. C'est cette preuve que ton père est allé chercher au Miersk Museum, ajoute-t-il en me regardant dans les yeux. C'était le plan il y a cinq ans, avant qu'il soit chassé de la Normzone : ressortir les volontés du fondateur pour convaincre les gens qu'il faut réformer le système.

– Nous savons depuis longtemps qu'une partie de nos espoirs repose sur le journal original du fondateur. La version écrite de la main même d'Isidor, qui parle de son plan pour l'avenir. Un traitement pour l'empeste était presque déjà mis au point, de son vivant. Il souhaitait que tous en profitent, mais ses héritiers ont changé le destin de Nozophobia en gardant le peuple prisonnier.

Je suis stupéfait :

– Comment un traitement peut exister si…

– Maintenir le peuple dans la peur est la meilleure façon de le contrôler, de le dominer, répond Livia. Alastair Miersk travaillait avec ton père à établir un plan pour convaincre les gens que l'extérieur était sûr. Il était sain d'esprit, mais son fils l'a assassiné, par peur d'être obligé de quitter sa tour. C'était l'hypothèse de ton père. La peur peut pousser les gens à commettre des gestes horribles.

Je vois dans ma tête le tuteur et les Désinfecteurs qui se tordent de douleur sous l'attaque de l'empeste.

Au même moment, le code secret est frappé à la porte. Livia se précipite pour ouvrir.

– Deux transporteurs de troupes viennent de tourner au coin de la rue, dit un homme en habit de Désinfecteur. Il y a beaucoup de mouvement dans les rues. Vous devez retourner chez vous, en espérant qu'il n'y a pas eu de descente.

Tout le monde se lève et se précipite vers les tunnels.

Tous, sauf ma mère, Livia et moi. Nous devons passer par l'extérieur pour regagner la maison par l'accès souterrain.

– Allez-y, dit ma mère. Je vais vous ralentir. Sauve ta sœur, Valek. Retrouve ton père.

– Maman…

– Je vais les attendre ici et porter tout le blâme. Ils ne tueront pas toute la rébellion.

– Valek, le temps presse, me supplie Livia. J'ai promis à ton père que je veillerais sur toi.

Je suis révolté. Je n'ai pas envie d'abandonner ma mère. Je sais que Miersk lui fera du mal.

– Maman…

Elle me regarde avec des larmes dans les yeux, et me sourit en même temps.

– Tu es un grand garçon, Valek. Je suis fière de voir que tu as compris ce qui se trame. Ne perds pas de temps, quitte la Normzone. Pense à moi et libère Nozophobia de l'emprise de Miersk.

Livia me tire par le bras. Je tente de résister, et me sens à la fois dépassé par les événements. Je ne peux pas croire ce qui se passe. J'essaie de protester, mais Livia a une poigne de fer.

– Elle a fait son choix, Val. Elle a choisi de se sacrifier pour que tu puisses vivre. Il faut partir avant que les Désinfecteurs soient là et que nous soyons arrêtés.

Je serre ma mère une dernière fois dans mes bras.

La force de son étreinte me coupe le souffle.

– Ton père m'a dit que tous nos espoirs reposaient sur ta sœur. Elle possède la clé de son plan. Tu dois la protéger à tout prix et la lui livrer. Le temps est venu, Valek.

Elle s'éloigne de moi et plante ses yeux dans les miens :

– Je t'aime et j'ai confiance en toi : tu vas réussir.

# 24

Quelques minutes plus tard, nous nous trouvons dans le tunnel. J'essuie mes larmes pour mieux voir devant moi.

Nous nous sommes faufilés dans la maison vide tout juste avant que les transporteurs de troupes ne se stationnent devant la MAP.

Nous courons à présent dans le tunnel. En raison de l'obscurité, je crains de m'affaler de tout mon long, si mes pieds butent contre une aspérité du sol.

Livia s'arrête au détour d'un virage. Elle allume une lampe :

– Tu me suis toujours ?

Je reprends mon souffle et demande :

– Livia, c'est un non-sens. Pourquoi ?

– Valek, la personne qui doit survivre, c'est ta sœur, comme ta mère vient de te le dire. Viens, il faut nous assurer qu'elle est en sécurité.

Nous reprenons notre course. Mon cœur bat dans mes oreilles, et je l'entends ainsi cogner jusqu'à ce que nous arrivions chez moi.

La maison est silencieuse. Sans perdre un instant, je gravis les marches, sur mes gardes.

J'ouvre la porte de la chambre de Béa. Elle est bien là, qui dort à poings fermés. Je referme sa porte en la laissant entrouverte, et je m'assois en haut des marches. Livia s'installe près de moi.

– Je ne pourrai pas rester, car je ne veux pas être vue ici si les Désinfecteurs arrivent. J'ai travaillé avec ton père pendant des années. Longtemps, il savait que la solution pour guérir l'empeste existait. Isidor Miersk lui-même était au courant. Il avait confiance en son fils et en ses descendants pour prendre le destin du peuple en main.

– Mais ce n'est pas ce qui s'est passé...

– Non. Le Nakagha Alastair a donné à ton père le mandat de trouver une solution pour produire l'antidote de l'empeste. C'est à cette époque que Rimor a tué son propre père. Le tien a dû travailler en cachette par la suite. C'est à partir de ce moment qu'il m'a demandé d'être votre protectrice, à ta sœur et toi.

– Livia, j'ai besoin que tu m'expliques...

– Demain, Valek. Tu dois te reposer. Tu devras maintenant t'occuper d'elle.

– Tu pourras m'aider à retrouver mon père ?

– Je t'expliquerai, ne t'inquiète pas.

Elle se lève et descend l'escalier. Je l'observe s'en aller chez elle, et fixe le vide un long moment.

Je ne sais pas quoi faire. Je devrai annoncer à Béa que notre mère a disparu.

Et je n'ai aucune idée de la manière de retrouver mon père. Quitter la Normzone n'est pas facile. Les murs servent à nous protéger de l'extérieur, mais ils nous empêchent aussi d'aller au-delà des cloisons.

Je soupire. Je ne peux pas me coucher. Je dois attendre les Désinfecteurs. Ils viendront, c'est certain.

Je pourrais inventer que ma formation me rend nerveux et que j'ai entendu ma mère franchir le seuil de la porte parce que je ne dormais pas.

Le temps passe, la nuit avance, et toujours rien. Je descends boire un verre d'eau, que j'avale d'un trait.

Ma mère a disparu. Mon père et elle étaient au cœur d'un complot visant la révolution. Ma sœur est la solution à l'empeste. Je suis son protecteur. Je me demande si c'est mon seul rôle. Si ma mère a tant insisté pour que je devienne Désinfecteur, c'est peut-être pour s'assurer que je sois capable de défendre Béa. Mais quelle est mon utilité ? Je n'en sais rien.

La lumière de l'aube remplace la pénombre, tandis que je suis perdu dans mes réflexions.

Pour retrouver mon père, il faut que je sorte. Si les Empestés peuvent entrer, il y a sûrement une manière de sortir.

Livia sait peut-être ce qui va se passer.

Je comprends maintenant pourquoi elle n'a pas suivi son conjoint quand il a été envoyé dans la Dézone. Elle devait continuer à veiller sur moi. Ou, plutôt, sur Béa.

Ma sœur, née quelques semaines avant que mon père ne soit exilé. Il y a une logique là-dedans qui m'effraie, comme si je ne pouvais pas croire que c'était si simple.

Dans les lueurs matinales, je me passe de l'eau sur le visage pour m'éveiller, et je me déshabille pour enfiler mon costume gris orné du V vert.

Je descends l'escalier. En pénétrant dans la cuisine pour prendre de nouveau un verre d'eau, j'entends des pas sur le perron. Je me dirige vers la porte et l'ouvre à la volée :

– Évan ? Qu'est-ce que tu fais ici ?

– J'ai remplacé un collègue dans un quart de travail nocturne, dans un autre escadron…

– Mais il y a autre chose…

– Je n'ai pas pu finir ma nuit, parce que…

Je suis certain qu'il sait pour ma mère et qu'elle n'a

pas gardé son secret.

– Ma sœur ! Son contrôle d'hier soir est… Elle est…

– Respire, Évan ! Qu'est-ce qu'a Simane ?

– Elle est Déréglée ! Elle va être stérilisée et je ne la reverrai jamais ! Je ne sais pas quoi faire.

Je devrais lui dire d'accepter l'inévitable. Au lieu de cela, je lui propose de nous accompagner.

– Qu'est-ce que tu veux dire ? demande Évan.

– Va chercher Simane. Dis-lui que nous devons partir maintenant, que ça concerne Béa.

– Mais qu'est-ce que tu racontes ? Ta sœur n'a rien à voir là-dedans.

– C'est là que tu te trompes. Allez, je la prépare et on récupère ta sœur à l'orphelinat, avant que les Désinfecteurs de la garde de jour viennent la chercher.

– Et après ?

– Fais-moi confiance.

Je n'ai aucune idée de ce qu'on fera, c'est du ressort de Livia, mais je dois couper court à cette conversation.

Je gravis les marches quatre à quatre pendant qu'Évan sort de la maison.

J'entre dans la chambre de Béa, qui s'est assise sur son lit. Elle se frotte les yeux en bâillant :

– Val ? Il n'est pas l'heure de se lever.

– Crois-moi, petite sœur, j'aurais aimé te laisser dormir, mais il faut se dépêcher. Nous avons une mission spéciale, ce matin.

– Une mission ?

– La plus importante de toutes. C'est un jeu particulier.

– Un jeu ?

– Comme une chasse au trésor. Et ça commence ce matin, à l'orphelinat.

Elle ouvre grand les yeux :

– C'est pour ça que tu portes déjà ton habit de Désinfecteur, même si le soleil n'est pas encore totalement levé ?

– Oui. Enfile tes vêtements de sport pour pouvoir mieux bouger. C'est une course, n'oublie pas.

Elle sort du lit et met son survêtement d'entraînement.

Dès que nous arrivons au rez-de-chaussée, Évan et Livia entrent par la grande porte.

– Ta mère ne vient pas avec nous, Valek ? demande Évan.

– Pourquoi maman ferait le jeu avec nous ? le questionne Béa.

– Le jeu ?

Je m'agenouille devant Béa pour la regarder dans les

yeux. Livia lui fait un clin d'œil et nous sortons.

C'est la dernière fois que nous voyons notre maison, j'en ai la certitude.

# 25

À l'extérieur, nous partons au pas de course. Béa est la moins rapide, alors je la prends sur mon dos.

C'est le petit matin, mais les trottoirs sont déserts. Le couvre-feu est terminé et les rares citoyens que nous croisons semblent surpris de nous voir courir.

Je crois que nos habits de Désinfecteurs, à Évan et moi, nous protègent des regards trop insistants. Personne ne se préoccupe de la raison pour laquelle deux Désinfecteurs se hâtent de la sorte.

Le trajet vers l'orphelinat me semble interminable, surtout après une nuit blanche et tout le stress causé par l'incertitude de ce qu'il adviendra de nous. Quand nous y parvenons, le véhicule des Désinfecteurs se profile au loin.

– Ils n'ont pas perdu de temps, dit Évan en reprenant son souffle.

Je dépose Béa au sol et j'entre sans aucune délicatesse dans l'orphelinat. Je grimpe les marches en deux grandes enjambées et j'ouvre la porte à la volée. Elle claque contre le mur. Évan me suit, tandis que Livia prend ma sœur dans ses bras.

– Simane !

La Sœur responsable de l'accueil sort de son bureau en panique.

– Savez-vous où se trouve Simane ?

Évan s'élance comme une flèche, tandis que la Sœur lève un doigt menaçant. Elle ne me fait pas peur.

Des bruits proviennent de la cafétéria. Je m'y rends sans perdre une minute, et je la vois, derrière le comptoir, à servir les bols de bouillie non calibrée à ses camarades.

– Simane ! Viens, il faut qu'on se sauve.

Elle me jette un regard affolé. Je n'ai pas le temps de tout lui expliquer et j'ai besoin que les pensionnaires et les employés nous laissent partir sans nous ralentir. Mon habit de Désinfecteur aide à tenir les autres en respect.

– C'est l'empeste.

Je mens, mais l'effet recherché est atteint : la crainte s'imprime de façon instantanée sur les visages. Tous reculent, et même Simane tente de s'éloigner de moi.

– Il faut qu'on se sauve, les Désinfecteurs seront là d'une minute à l'autre !

– Laisse-moi, Valek. Tu me fais mal. Si tu as

l'empeste, tu devrais nous quitter. Je n'irai pas avec toi.

Évan surgit à ce moment-là et passe devant moi :

– C'est toi, Simane.

Il a compris mon idée. Des bruits de pas me parviennent de l'entrée de la salle à manger.

– Ils arrivent, dit Livia.

Un autre son provient du vestibule de l'orphelinat : un raclement de bottes contre le vieux plancher de bois usé.

Les Désinfecteurs sont là.

Ils ne s'attendent pas à se battre. Ils croient venir saisir une jeune fille dans un orphelinat, sans se douter que deux Désinfecteurs la protègent.

Et l'aide de Livia n'est pas non plus négligeable. Je l'ai affrontée en entraînement, je ne remets pas du tout en cause le fait qu'elle aurait pu être Désinfecteure si les postes avaient été ouverts aux femmes.

Après tout, si mon père l'a nommée protectrice de ses enfants, ce n'est pas pour rien.

Ils sont dix. Ils ont de l'expérience et des armes, mais nous avons l'énergie du désespoir.

Je fais signe à mes camarades de s'approcher de moi. Nous reculons dans le fond de la cafétéria pour tenter de nous cacher. Quand l'escadron est près de la porte, le capitaine donne des directives à voix basse :

– Soyez prudents, son frère a déserté son poste. Il est sûrement déjà là. S'il interfère, il faudra l'abattre.

Évan me lance un long regard.

– Ils sont dans la salle à manger, dit la Sœur à l'accueil.

Nous ne pouvons pas attendre qu'ils nous assaillent avant de nous ruer sur eux.

Je dois être efficace et proactif. J'ai affronté des Empestés, je suis capable de me battre contre des Désinfecteurs. Je ne désire pas les tuer, seulement les blesser pour que nous puissions nous évader d'ici.

Je ne suis pas le premier sur la ligne de front. Livia confie Béa à Simane et se lance sur les deux premiers Désinfecteurs qui posent le pied dans la cafétéria. Elle les met hors d'état de nuire en deux mouvements. Je frappe le suivant, à ma droite, à toute vitesse, pendant qu'Évan s'élance sur celui à l'extrême gauche.

L'effet de surprise est passé, mais Livia n'a pas dit son dernier mot. J'ai l'impression qu'elle vole d'un Désinfecteur à l'autre. Même le capitaine n'a pas les réflexes assez rapides pour faire face à la riposte de Livia.

En peu de temps, ils sont dix au sol, et nous sommes tous indemnes.

Autour de nous, une rumeur gronde : les orphelins ne sont pas contents. Ils ont entendu le mot « empeste » et ils grognent de colère.

– Quand tu dois arrêter nos parents, tu ne te gênes pas pour nous les arracher, mais quand c'est ta sœur… crache un grand gaillard aux cheveux noirs lissés vers l'arrière.

Je le vois prendre son élan avant que son bol vide ne quitte sa main. La réplique s'adresse à Évan. Le temps que mon ami se retourne, je suis déjà devant lui et je bloque le bol en croisant mes bras devant moi.

Les orphelins chahutent de plus en plus.

– Il faut quitter l'orphelinat avant que des renforts arrivent, dit Livia. Laissez-nous partir, lance-t-elle au groupe.

– Pourquoi ? réplique l'orphelin.

Béa se débat dans les bras de Simane. A-t-elle peur de l'empeste ? Je ne sais pas comment régler tout ça autrement que par la force. Les orphelins ne voudront pas entendre raison, d'autant plus qu'Évan était déjà mis à l'écart du groupe.

– On amène Simane avec nous, ainsi elle ne pourra pas vous contaminer. Nous sommes Désinfecteurs, nous savons ce que nous faisons.

Du coin de l'œil, je remarque que Livia a bougé.

Elle se penche à toute vitesse vers les corps étalés au sol, et soulève le pistolet d'assaut du capitaine. Elle met tout le monde en joue.

– Laissez-nous partir sinon je vous descends un à un. Vous ne m'empêcherez pas de sauver cette jeune fille.

Je sais qu'elle pense à Béa, mais eux croient qu'elle parle de Simane.

Ils s'écartent pour nous céder le passage. Nous prenons les armes des Désinfecteurs en partant.

Nous sortons tous les cinq de l'orphelinat et tous se tournent vers moi, comme si je connaissais la suite des choses.

Je n'ai aucune idée de la manière de nous échapper d'ici.

– On se rend à la Dézone, Valek. C'est la meilleure option.

– Pourquoi ne pas tenter de passer le mur derrière l'orphelinat ? demande Évan. Ma sœur est Déréglée, on cherche à empêcher qu'elle se retrouve là.

– On sera trop loin de Kÿla.

– C'est quoi ?

– Le village des gens libres, à l'extérieur du mur. Le meilleur chemin débute près de la Dézone.

– On ne pourra pas entrer…

– Je viens de prendre des cartes d'accès à des

Désinfecteurs encore en activité. Une fois dans l'espace des Déréglés, on pourra sortir et trouver ton père.

– C'est ça le jeu ? intervient Béa. On va trouver papa ?

– C'est le but, oui, dit Livia.

– Vous allez m'expliquer ce qui se passe à la fin ?! s'exclame Simane.

Personne ne répond. Se rendre à la Dézone, c'est possible, mais il faut que nous arrivions avant que d'autres Désinfecteurs nous rattrapent. Nous ne pouvons en découdre avec tous les soldats de la Normzone.

– Évan, tu as appris à conduire un véhicule ?

– Oui, je saurais manœuvrer.

– Moi aussi, ajoute Livia. C'est dans ma formation. Et je connais, en théorie, le chemin pour nous rendre à Kÿla à partir de la Dézone.

– Mais comment sais-tu tout ça ? demande Évan.

– Je suis une Spéprora, une spécialiste en protection rapprochée.

– Je ne connais pas cette fonction, répond mon ami.

– Certains jugeaient qu'il était injuste que les filles soient exclues d'office de la formation de Désinfecteur. Les Spéproras sont une milice féminine secrète. Maintenant que vous le savez, on peut y aller ?

Après sa performance dans l'orphelinat, on ne trouve rien à redire.

J'entends le bruit d'un nouveau transporteur de troupes qui approche.

Nous montons dans le véhicule des Désinfecteurs inconscients dans l'orphelinat, et Évan fonce vers la Dézone. Nous avons une partie de Nozophobia à traverser et tout se passe bien. Aucun Désinfecteur à l'horizon.

Un peu plus tard, Évan stationne le transporteur de troupes à l'extérieur de la Dézone.

Nous entrons dans la Dézone sans aucun problème et cela m'inquiète un peu.

Ça ne devrait pas être si facile.

## *La Dézone*

Aucun citoyen ne souhaitait se retrouver relégué dans la Dézone, parce que c'était le signe d'une santé défaillante. Mais en théorie, la vie d'un Déréglé n'était pas si différente de celle d'un Norm. Il devait se soumettre à des examens sanguins pour que les médecins puissent suivre l'évolution de sa condition. Des laboratoires avaient été installés dans la Dézone pour permettre aux Déréglés d'occuper des emplois qui contribuaient à la bonne marche de Nozophobia.

Les Déréglés avaient accès à des médicaments ou à des traitements qui devaient leur assurer la vie la plus agréable possible, malgré leur constitution. Des Sœurs prenaient soin des orphelins pour éviter que des enfants déréglés ne soient laissés à eux-mêmes.

La Dézone était séparée de la Normzone par un mur et par un champ de force semblable à celui isolant Nozophobia de l'extérieur. Aucun échange d'air n'était possible entre les deux territoires : un sas permettait de changer l'air de l'un vers l'autre, après une aspersion de désinfectant. La raison en était simple : tout système immunitaire plus faible facilitait l'éclosion de l'empeste. Comme les Déréglés étaient victimes de déficiences de santé, l'empeste avait tendance à y éclore plus souvent.

Les seuls citoyens qui pouvaient circuler d'une zone à l'autre étaient les Désinfecteurs. Les Norms devenus Déréglés qui entraient dans la Dézone n'en ressortaient jamais.

VM

# 26

Dès que nous franchissons la porte, je suis surpris par l'éclairage. Ici, la luminosité est différente, moins forte, plus tamisée… Un grillage au-dessus de nous, à plusieurs mètres de hauteur, filtre la lumière générale. Comme si nous étions dans un endroit totalement nouveau, sortis de Nozophobia.

J'ai toujours su que les Déréglés étaient des citoyens de second ordre, mais la réalité ne m'a jamais frappé autant : le décor est différent. Les murs sont sales, des déchets traînent au sol, et une odeur nauséabonde flotte dans l'air… Tout l'inverse de la Normzone, qui est aseptisée, propre, bien ordonnée et où tout est blanc. La grisaille des murs de la Dézone n'en est que plus accentuée.

La différence ne devrait pas exister : personne n'a mérité de se retrouver dans la Dézone. Les Déréglés sont malades. Ils souffrent d'une condition dont ils sont victimes. Ils ne sont coupables de rien.

En pénétrant dans la Dézone, je comprends pourquoi

mon père tentait d'aplanir l'inégalité entre les Norms et les Déréglés. En respirant la puanteur de la Dézone, je deviens conscient que notre compassion envers les Déréglés n'est qu'une façade.

Dans ma naïveté, je croyais qu'un mur séparait la Normzone de la Dézone, mais que la seule distinction était la maladie des uns et la santé des autres.

Je suis assailli de toutes ces impressions et nous ne sommes que dans le vestibule. Nous nous trouvons dans un espace dégagé entre la porte d'entrée et un mur intérieur.

Il n'y a personne en vue.

Je suis sale, et des taches de sang maculent mon habit gris. C'est le résultat d'éclaboussures lors de notre dernière altercation. Dans le feu de l'action, je n'avais pas remarqué qu'un Désinfecteur saignait. Ce n'est pas mon sang, car je n'ai mal nulle part en particulier.

Je ressens seulement une grande fatigue physique.

– On fait quoi, Valek ? Personne ne m'explique rien.

Simane tient Béa dans ses bras et ne semble pas heureuse d'avoir été précipitée ici.

– Tu n'as pas l'empeste, Sim. C'était un mensonge pour accélérer ta fuite. Mais tu es Déréglée.

– Qu'est-ce que j'ai ?

– Dystrophie myotonique, dit Évan, sans oser la

regarder.

Je vois bien que Simane est déstabilisée.

– Je ne voulais pas que tu te retrouves seule dans la Dézone. Je ne savais pas quoi faire. Je suis allé voir Valek et il m'a dit qu'il avait un plan…

Je ne peux pas tout lui déballer d'un coup. Même moi, je ne suis pas certain d'avoir tout compris.

Livia prend heureusement la parole :

– Valek et moi, nous avions prévu de quitter la Normzone avec Béa, ce matin, pour chercher leur père.

– Pourquoi maintenant ?

– Parce que je l'ai vu pendant l'attaque au Miersk Museum. Il est vivant et en pleine santé. Je veux le retrouver.

– Malgré les dangers de l'extérieur ? reprend Évan. C'est ça, ton idée ? On sort de Nozophobia, avec l'empeste qu'on peut attraper à tout moment…

– Je ne sais pas quoi te dire d'autre. Je veux savoir pourquoi mon père est à l'extérieur et semble même en très bonne santé.

Simane demeure silencieuse depuis notre départ de l'orphelinat. Je ne sais même pas si elle est heureuse de ne pas être jetée dehors toute seule.

– Et maintenant, quelle est la suite du plan ? continue Évan.

Personne ne répond, parce que notre attention est attirée par des silhouettes qui se déplacent près des murs.

Ils sont six : quatre hommes et deux femmes. L'une a l'expression grave et marche comme si l'espace où nous nous trouvions lui appartenait. Ces personnages dégagent une franche hostilité. Leurs visages sont couverts de motifs colorés ; leurs vêtements, marqués d'une grande tache rouge.

– On ne devrait pas s'attarder ici, souffle Simane.

– Je suis d'accord, répond Évan.

L'instant suivant, nous courons vers une ruelle, sur notre droite. Je saisis Béa dans mes bras pour l'aider à garder le rythme, parce que nos poursuivants cherchent à nous rattraper.

Nous entrons dans la ruelle au pas de course. Quand je jette un coup d'œil derrière nous, il n'y a personne. Je ne crois pas que nous les ayons semés, mais nous pourrons peut-être les distancer dans le dédale des chemins.

Nous nous retrouvons rapidement sans repères. Toutes les façades se ressemblent : brunes ou grises, recouvertes de poussière ou de taches de saleté. Les ruelles se terminent sur des murs et des portes fermées.

Tout va bien jusqu'à ce que j'entende du bruit en

hauteur. Quelqu'un nous observe du toit des maisons. Évan, en tête de notre petit groupe, tourne vers la droite. Un cri teinté d'une joie agressive me parvient d'au-dessus de nous.

Ils sont là, devant nous, la femme aux longs cheveux gris et ses soldats. Ils nous bloquent la route. Évan oblique vers une porte, mais elle ne s'ouvre pas. Il tire sur la poignée métallique, sans grand succès.

Nous nous adossons à la paroi quand le nouveau groupe arrive.

Ils sont une dizaine derrière nous, en plus des six qui nous font face, armés de bâtons, de couteaux, ainsi que de morceaux de métal. Ils portent tous la même marque rouge sur leurs vêtements. Leurs tuniques sont sales. Il est difficile d'en distinguer la couleur sous l'éclairage diffus, mais le rouge, lui, est pleinement visible.

Que désirent-ils ?

Je ne me suis jamais demandé quelles tâches les gens de la Dézone accomplissaient. Tout ce que je sais, c'est qu'une partie des opérations liées à l'énergie et à la nourriture provient d'ici. Kaleth m'a déjà dit qu'il lui arrivait de réparer des puits, donc ils ont des ressources.

Livia prend la situation en main. C'est l'aînée de notre groupe.

Elle s'avance vers la femme aux cheveux gris, qui semble être la chef. L'une et l'autre ne se quittent pas du regard. Livia se plante les deux pieds au sol, devant l'autre :

– Écoutez, nous ne voulons pas de problème.

– Vous êtes sur notre territoire. Avec des armes et des tenues de Désinfecteurs... Vous êtes de la Normzone, vous n'avez pas le droit d'être dans la Dézone.

– Nous sommes... en transit.

C'est la vérité. Il n'est pas question de nous attarder ici longtemps.

– Vous êtes en fuite. Un amour illégal ou autre chose... On se moque de vos raisons. Vous croyez être les premiers ? Vous vous trouvez sur le terrain qui est sous mon contrôle.

Nous sommes encerclés. Nos chances de nous en sortir sans nous battre sont minces. En combat au corps à corps, nous l'emporterons aisément, j'en suis certain. Ils ne peuvent pas avoir un entraînement comme le nôtre.

Mais dans un espace si restreint, nos armes ne seront d'aucun secours. Avec leurs gourdins et leurs armes blanches, ils sont quand même dangereux.

Simane veille sur Béa. Évan serre les poings, prêt

pour l'affrontement.

J'espérais qu'on sortirait rapidement de la Dézone. Je ne pensais pas que nous aurions à nous battre.

– Il y a sûrement quelque chose que nous pouvons vous offrir en échange de notre liberté… propose Livia.

La chef sourit. D'un sourire en coin qui ne laisse aucun doute sur la nature de sa réponse. Évan s'appuie dos à moi, pour que nous fassions face aux ennemis chacun de notre côté.

Je n'ai pas autant confiance en nos capacités que je le devrais, comme si nos adversaires dégageaient un danger plus brut.

Je dois agir. La négociation de Livia ne fonctionne pas. Il faut tenter autre chose. La femme aux cheveux gris lève la main et tous les hommes sous ses ordres progressent d'un pas.

– Attendez !

Je m'avance pour négocier à mon tour :

– Dites-nous ce que vous désirez et…

– Ce que je veux, vous ne pouvez me le donner de votre plein gré. Nous devons le prendre de force.

Qu'est-ce qu'elle veut dire ?

Du brouhaha se produit derrière la dizaine d'hommes arrivés en second. D'autres brutes surgissent dans notre petit espace. Ils sont armés eux aussi, mais ils portent la couleur bleue au lieu du rouge.

Les deux groupes foncent l'un vers l'autre. Près de nous, il ne reste que la chef et deux de ses hommes.

Nous pouvons nous occuper d'eux sans problème.

Mais soudain, la porte s'ouvre dans le mur près de Simane et Béa.

– Venez, dit une voix féminine.

Ce n'est pas le temps d'hésiter.

Sans attendre la réaction de la femme aux cheveux gris, Évan s'élance vers sa sœur et vers Béa. Livia recule derrière moi, tandis que je lève mon arme pour viser les deux gardes qui nous menacent en s'avançant vers nous.

Notre ennemie les arrête d'un geste.

Évan s'engouffre par l'entrée avec Simane et ma sœur.

Livia me tire lentement vers l'arrière, tandis que je ne quitte pas nos agresseurs des yeux.

Quand la porte se referme devant moi, je suis plongé dans le noir.

# 27

J'entends des verrous. Mes yeux s'habituent lentement à l'obscurité et j'identifie la silhouette qui se dresse devant nous.

– Qu'est-ce que vous foutez ici ? dit Corrie.

Évan ne bouge pas. Il est sous le choc encore plus que moi. Comment Corrie peut-elle nous avoir trouvés ?

– Vous êtes vraiment chanceux que j'aie entendu la rumeur et que j'aie reconnu vos descriptions. Sinon, vous auriez été… Je vous en parlerai quand on sera en sécurité.

Elle allume une lanterne et se met en marche. Nous la suivons et j'observe Évan. Il était parmi les Désinfecteurs qui l'ont amenée.

Je suis presque surpris que Corrie l'aide. Elle pourrait ressentir beaucoup de haine envers lui.

– Corrie, attends-moi.

Je passe devant, près d'elle.

– Valek, je ne pensais jamais te revoir après la zone de quarantaine. J'aurais préféré ne pas te rencontrer de nouveau.

– Pourquoi nous protèges-tu, alors ?

– Parce que j'ai raconté à mes parents que tu m'avais soutenue, là-bas.

– Je t'ai aidée ?

– Oui, à accepter mon sort.

Je n'ai pas l'impression d'avoir été d'un grand secours, mais tant mieux pour nous si elle le pense.

Je ne réponds rien de plus, et nous marchons un bon moment en demeurant dans l'obscurité de l'intérieur des bâtisses.

Ce n'est pas comme dans le tunnel secret d'hier. Ici, une lumière diffuse perce les fenêtres. Nous sommes plutôt dans la pénombre que dans le noir total.

Nous sortons bientôt pour nous retrouver dans une ruelle, où nous attendent les parents de Corrie.

– Venez, entrez, dit la mère de Corrie en nous ouvrant une porte.

C'est leur nouvelle maison. Nous nous échouons sur le sol de la petite salle de séjour, dépourvue de meubles.

Une douce odeur embaume la pièce. Ce parfum contraste avec les émanations que j'ai perçues depuis notre entrée dans la Dézone.

– Vous êtes en sécurité ici, dit le père de Corrie.

Mais vous allez devoir nous expliquer ce que font deux jeunes Désinfecteurs, avec trois jeunes femmes, dans la Dézone.

La mère de Corrie quitte la pièce pendant que j'échange un regard avec Livia.

On ne peut pas tout déballer chaque fois, ce serait dangereux pour nous, en plus d'être long.

Livia explique :

– Nous avons entendu parler d'une ville dans la forêt où les gens vivent à l'ancienne. C'est là que nous voulons aller.

Le père de Corrie ne semble pas croire un mot de ce qu'elle vient de dire, mais il ne répond pas. Sa femme revient avec des petits bols remplis d'un liquide chaud qui sent très bon. Le bouillon est presque limpide, beaucoup plus que la bouillie grise nutritive. L'odeur me fait saliver. Les goûts sont prononcés : de petits morceaux verts dans le liquide jaunâtre apportent une touche épicée inédite pour mes sens.

C'est délicieux. Je n'avais pas réalisé que nous n'avions ni mangé ni pris nos injections et cachets du matin.

Béa hésite à boire le bouillon : les odeurs sont peut-être trop fortes.

– Goûte, Béa. C'est vraiment bon.

Elle me jette un regard incertain. Même si elle n'a que six ans, elle a compris que ce n'était pas vraiment un jeu.

– Viens t'asseoir sur moi, petite sœur.

Elle se lève et s'approche. Je tends mes bras pour l'accueillir sur mes genoux. Lorsqu'elle se blottit contre moi, je constate qu'elle n'est pas bien lourde.

Je ne sais pas quoi lui dire. Elle trempe ses lèvres et boit tout son bouillon d'un seul trait.

– Je peux en avoir encore ?

Avec un grand sourire, la mère de Corrie la ressert.

– Je ne pensais pas que je serais aussi contente de voir des gens normaux, nous confie-t-elle.

– Qu'est-ce que vous voulez dire ? demande Simane.

– Ici, les gens sont malades. Ils ont le teint plus gris, plus terne.

Elle jette un regard à Corrie, qui a les larmes aux yeux.

– Je ne regrette pas une seule seconde d'avoir été stérilisée et d'avoir suivi notre fille. Nous ne voulions pas l'abandonner.

Debout dans son coin, le père de Corrie nous fait un sourire contrit :

– Je voudrais bien rester, mais je dois occuper deux emplois. Les médicaments coûtent cher.

Il quitte la pièce sans en dire plus. Il a parlé de prix ? Pourtant, rien n'est à vendre, ici. Notre société repose sur la distribution du travail et des bénéfices, comme la nourriture, les médicaments…

– Je vous quitte aussi, les jeunes, annonce la mère. Je travaille de nuit et je n'ai pas beaucoup dormi depuis que nous sommes ici.

Quand ses parents sont partis, Corrie nous observe longtemps, tous les cinq :

– Vous êtes complètement fous ! Maintenant que les gangs vous ont vus, ils vous rechercheront sans relâche. Quel était votre objectif ?

– D'aller vivre dehors.

– Vous êtes inconscients !

– Non, nous sommes des rêveurs en fuite.

Le mensonge de Livia tient la route. Il faut s'en tenir à cette explication.

– Et comment comptez-vous sortir ? ajoute Corrie.

– J'espérais trouver quelqu'un dans la Dézone pour nous aider à passer.

– Je ne comprends rien à votre histoire. Vous souhaitez quitter la sécurité de Nozophobia pour vous aventurer dehors. De mon côté, tout ce que je désire, c'est effacer ce que j'ai vécu dans les derniers jours pour retrouver ma vie d'avant. Être une ado normale, apprendre dans une école, une vraie, pas une classe où nous sommes trop nombreux, sans les technologies modernes d'apprentissage…

– Tu vas à l'école ?

– Oui, on se croirait dans une autre époque. J'ai un enseignant devant la classe, qui explique des concepts. Comment pouvez-vous vouloir renoncer à tout ça ?

– C'est ce que nous cherchons : vivre comme avant. Avant les guerres, avant l'empeste.

– Et si vous tombez malades ?

– Ça fait partie du risque, intervient Évan.

Je suis content de voir qu'il a compris le jeu auquel je joue.

Je vois bien que Corrie n'est pas convaincue par cette réponse, mais elle soupire de nouveau.

– Je pourrai vous mener vers une sortie, si vous voulez. Je n'irai pas avec vous, mais je pourrais vous amener tout près. Reposez-vous, nous attendrons que les clans cessent de vous chercher. Pour le moment, je dois me rendre à mon travail, moi aussi. Restez sages et, ce soir, vous pourrez sortir…

Elle quitte la salle de séjour et, après quelques minutes, Évan se couche et s'endort. Il a passé la nuit au poste, c'est normal. Je peine moi-même à demeurer éveillé, à cause de ma nuit blanche. Livia appuie sa tête contre le mur et se met à somnoler. Je me sens lourd.

– Valek, j'ai sommeil, dit Béa.

Elle se couche à même le plancher, les yeux déjà fermés.

Simane me regarde, inquiète :

– Valek, ce n'est pas normal. Je me sens tout engourdie…

– C'est la maladie, tu crois ?

– Non, je…

Elle tombe vers l'avant.

– Simane !

Mon cri n'alerte personne. Je tente de me lever, mais j'ai les jambes molles. Je reste assis et j'ai la tête qui tourne.

Mes yeux se ferment sans que je puisse les en empêcher.

Avant que je sombre, une pensée m'effleure : nous avons été empoisonnés.

# 28

Je me réveille, encore sonné. Je m'efforce d'ouvrir les yeux, mais mes paupières sont lourdes.

– Valek ! Réveille-toi ! Ta sœur n'est plus avec nous !

C'est la voix paniquée de Livia.

– Je me suis fait avoir sans me douter de rien.

Un raclement de gorge me fait tourner vers ma droite. Mes yeux s'ouvrent enfin, même si ma vision est brouillée.

– Je suis désolée, dit Corrie, des larmes dans la voix.

– Désolée pour quoi ?

– Pour vous avoir drogués et pour vous avoir livrés.

Je sens mon sang bouillir dans mes veines. Tout est de sa faute !

– Où est Béa ? Où sommes-nous ?

Corrie est mal en point. Son nez est rouge, elle a une coupure au front et la lèvre supérieure fendue.

– Qu'est-ce qui s'est passé ? demande Évan.

Corrie renifle un bon coup et se plie en deux :

– Aïe, ça fait vraiment mal. Je m'excuse, je ne voulais

pas… Mes parents travaillent comme des dingues depuis que nous sommes entrés dans la Dézone. On apprend vite qu'ici, rien n'est gratuit.

– Comment ça ? Nous sommes dans Nozophobia, ce n'est pas comme ça que ça fonctionne ! s'exclame Simane.

– Tu peux bien parler, toi. Quand j'ai été diagnostiquée, des Désinfecteurs m'ont arrêtée et je suis ici, avec mes parents, qui se sont sacrifiés pour que je ne sois pas envoyée à l'orphelinat, à la merci des abus des uns et des autres. Je ne sais pas quelle est la vérité sous votre mensonge de « liberté », mais deux Désinfecteurs qui escortent trois filles, ça ne passe pas inaperçu.

Je ne relève pas son erreur, car c'est plutôt Livia qui nous escorte.

– Moins de trois secondes après votre arrivée, des commandes étaient déjà passées dans les gangs. Surtout pour Béa, parce que c'est la plus jeune et, dans le marché, elle vaut cher.

– Qu'est-ce que tu as fait à ma sœur ? Et où sommes-nous ?

– En prison, Val, murmure Livia. Mais une cellule de la Dézone.

Elle a raison ! Je remarque les murs de pierre, et la grille de barreaux métalliques.

– Je ne savais pas qu'ils allaient vous capturer et vous enfermer. Il m'avait dit « seulement la petite ».

– Qui ?

– Un chef de clan. Ici, les gens ne sont pas égaux comme ils le sont dans la Normzone. Ici, tout coûte quelque chose. Les médicaments ont un prix. Chaque heure travaillée vaut quelque chose, et pour payer la nourriture et les médicaments, il faut qu'un chef de clan accepte le paiement qu'on offre. Ce sont eux qui gèrent les approvisionnements.

– Et pourquoi Béa ? Pourquoi l'avoir vendue ?

– Une enfant saine vaut de l'or.

– Corrie, tu ne sais pas ce que tu fais. Béa est l'une des raisons de notre fuite. Il faut l'amener à mon père.

– Il est trop tard, Val. Elle est sûrement déjà découpée.

– Mais qu'est-ce qu'ils vont lui faire ?

Corrie fond en larmes et peine à dire :

– Des Déréglés utilisent… de vieilles techniques de… transplantation d'organes pour se guérir. Les jeunes comme moi, sans parents, sont envoyés à l'orphelinat et ils disparaissent s'ils sont compatibles avec quelqu'un d'important.

– Et pourquoi font-ils ça ?

– Si la greffe fonctionne, ils peuvent vivre plus

longtemps. Parfois, ils ne sont même plus Déréglés et réintègrent la Normzone sous une autre identité. Je pensais qu'ils prendraient Béa et vous laisseraient tranquilles, mais quand j'ai vu qu'ils voulaient vous amener aussi, j'ai tenté de les arrêter…

C'est comme ça que Corrie a été blessée. Je ne sais pas quoi dire, parce que je suis complètement hors de moi. Ma colère est si forte que la drogue ne fait plus effet.

– Corrie, tu ne te rends pas compte de ce que tu as fait ! Tu as condamné tout Nozophobia ! s'exclame Livia.

– C'est de la faute d'Évan ! Il était avec ceux qui m'ont arrêtée et ont tué Jasob !

Des bruits de pas nous obligent à nous taire. Un homme à la longue barbe noire, le crâne dégarni, se présente devant la grille :

– Armon voudrait savoir pourquoi vous êtes dans la Dézone.

Je me lève avec difficulté, suivi de Livia. Évan aide Simane à se mettre sur pied.

– C'est qui, ça, Armon ? Pourquoi on lui dirait quoi que ce soit ?

– La chef de clan. Elle fait la loi ici.

Livia fait un pas devant moi :

– J'ai juré de protéger cette enfant. Je ne vous laisserai pas lui faire de mal.

L'homme dégaine un couteau, qui était glissé dans sa ceinture. Il se déplace dans la lumière et j'aperçois les motifs tatoués sur son visage, malgré la règle interdisant les modifications corporelles.

Dans la Dézone, personne ne semble se soucier des règlements.

– Tu veux tâter de ma lame ?

Livia bombe le torse et serre les poings :

– Je n'ai pas peur de toi.

– Ça suffit, Liam ! s'écrie une voix féminine.

– Armon, ce sont eux qui me cherchaient.

La chef de clan est une grande femme, toute en muscles, mais au visage gravement déformé. Son œil droit est plus bas que l'autre, son nez quasiment absent, et une de ses oreilles, atrophiée…

– Ça suffit ! Vous allez me dire ce que vous faites ici. Pourquoi deux Désinfecteurs escortent trois jeunes femmes dans la Dézone ? Je ne crois pas un mot de votre histoire.

Je tente de réfléchir à toute vitesse… La seule chose en commun entre les Déréglés et les Norms, c'est qu'ils ne sont pas Empestés.

– Ma sœur… elle souffre d'une forme rare

d'empeste. Ne la touchez pas.

Liam recule d'un pas, tandis qu'Armon n'a qu'un petit mouvement de panique vite maîtrisé :

– Tu mens.

– Nous sommes orphelins. Les parents d'Évan et Simane ont disparu depuis une dizaine d'années. Mon père a été amené il y a cinq ans, quelques mois après la naissance de Béa. Ma mère est Empestée depuis quelques semaines. Livia a juré de prendre soin de nous, c'était ma voisine…

Évan s'avance et me coupe la parole :

– Ce matin, quand nous sommes arrivés au poste, nous avons reçu notre rapport de mission : il fallait récupérer Béa. Nous savions qu'elle était à l'orphelinat, alors nous avons déserté… On ne voulait pas qu'elle se retrouve toute seule dehors.

Armon nous regarde à tour de rôle. Corrie semble intriguée par notre histoire, comme si elle hésitait entre les différentes versions que nous lui avons racontées. Au moins, elle est maintenant dans la même galère que nous.

– La petite n'a pas l'air malade. Elle n'a pas été déclarée positive à l'empeste, nous l'avons analysée.

– Vos techniques d'analyse seraient-elles désuètes ? intervient Simane. Mon stage était au laboratoire et je sais que nous avons récemment trouvé des souches nouvelles. Il ne faut surtout pas entrer en contact avec sa salive.

Armon se balance d'un pied sur l'autre, comme si elle tentait de se décider. Je suis impressionné par les mensonges rapides de mes amis.

– Ici, dans la Dézone, les conflits se règlent par la force. Je ne sais pas si je dois vous croire ou pas, mais je crois à la loi du plus fort. C'est comme ça que je suis devenue chef de clan. Je ne suis plus assez forte pour me battre, mais comme je prends soin des miens, ils combattront pour moi.

– Et si nous gagnons ?

– Vous ne gagnerez pas. Deux petits Désinfecteurs contre mes plus forts maraudeurs, c'est impossible.

– Mais si c'est le cas. Qu'est-ce qu'on obtient ?

– Si vous gagnez, vous serez libres.

## *La Justice*

Dans la Normzone, le système de justice était assez simple : tout conflit opposant deux citoyens pouvait être exposé devant un capitaine d'escadron de Désinfecteurs, ce dernier faisant office de juge de paix. Son jugement était considéré comme impartial. Les citoyens n'avaient aucun recours pour faire valoir leurs droits autrement.

Dans la crainte d'avoir à affronter une décision insatisfaisante pour les deux parties, les citoyens avaient tendance à tenter de trouver eux-mêmes, par la discussion, une solution à leur conflit. Seuls les cas de mésentente graves étaient portés aux oreilles des Désinfecteurs.

Les citoyens qui commettaient une infraction, soit le manquement à un des commandements, soit une action interdite par les règles de vie en société, pouvaient être dénoncés par les témoins de la scène. Les témoins ne rapportant pas l'infraction étant, de facto, complices et coupables par omission. Pour éviter d'être accusés, tous les témoins avaient tendance à signaler une infraction. En cas de complicité, la peine infligée aux témoins coupables par omission de dénonciation était deux fois plus sévère que celle du contrevenant.

Les contrevenants étaient amenés dans une prison, dans un poste de Désinfecteurs, pour des durées variables, selon le type d'infraction. Des lignes directrices sur les peines à donner en fonction des crimes étaient régulièrement mises à jour.

Les infractions étaient classées par types de méfait public, mais il y avait deux gestes totalement interdits : la violence physique (sauf en situation d'apprentissage contrôlée) et la récidive, soit d'une même infraction, soit de crimes différents dans un laps de temps relativement court.

Dans ces deux cas, l'arrestation s'accompagnait automatiquement d'une stérilisation et d'une classification de Déréglé. Le taux de crimes était donc assez bas dans l'ensemble de la Normzone.

VM

# 29

Nous avons décidé de nous battre en groupe. Personne ne voulait céder sa place. J'étais fâché de ce que Corrie nous avait fait, mais je ne voulais pas l'exclure. Mes parents m'avaient enseigné la compassion. Mon père disait souvent : « Aider les autres, c'est une manière de rester humain. »

La Dézone existe pour la même raison : les malades ne sont pas responsables de leur état. Je ne suis pas certain qu'Isidor Miersk avait en tête une société parallèle où la violence serait maîtresse. Il n'avait pas non plus planifié que nous resterions enfermés dans Nozophobia pendant si longtemps.

Un carillon sonne. La porte devant nous s'ouvre.

On nous a laissé nos vêtements, mais confisqué toutes nos armes ou tout ce qui aurait pu servir à en fabriquer une.

– Il faut y aller. Tentez de survivre, nous encourage Livia. Nous sommes mieux entraînés qu'eux, j'en suis certaine. Simane, Corrie, restez derrière.

Quand nous sortons de la prison, nous nous retrouvons dans un grand terrain vide, entouré d'une estrade remplie de gens.

L'hésitation d'Armon n'était qu'une façade. Elle savait que nous finirions dans l'arène.

– Ne paniquez pas, murmure Livia.

Devant nous, sur le mur en face, une porte s'est ouverte.

Ils sont cinq et tellement gigantesques qu'ils semblent presque bloquer la lumière qui éclaire l'arène. Larges et musclés, ils portent leurs longs cheveux tressés dans le dos…

Un grand frisson me parcourt le dos. Il ne faut pas qu'ils nous battent, parce que si nous mourons, Béa sera découpée en morceaux pour guérir des Déréglés.

Je ne peux permettre que cela se produise, surtout après le sacrifice de ma mère.

Je suis Désinfecteur presque par hasard. Je ne me suis pas classé dans une sélection, c'est mon audace qui m'a amené ici. Mon audace et ma compassion. J'ai aidé Évan à sauver Simane, parce que je ne voulais pas voir souffrir quelqu'un que j'aime. Maintenant, ils risquent de tous mourir par ma faute.

Des dizaines de personnes sont assises dans les estrades. C'est à croire que tous ces gens ne travaillent pas. Un tel rassemblement aurait été impensable dans la Normzone.

Les colosses s'avancent, sous les applaudissements et les encouragements de tout leur clan. Même si je ne me sens pas assuré, je tente d'afficher tout ce que je peux de force et de puissance. Je gonfle le torse, je relève les épaules et j'inspire un bon coup pour me donner confiance. Je vois du coin de l'œil qu'Évan m'imite. Livia sautille sur place pour se réchauffer. Simane serre les poings et Corrie ne semble pas prête à se battre. Elle a peut-être moins d'expérience de corps à corps, si c'était une activité physique qu'elle aimait moins.

J'espère que nous survivrons tous à l'affrontement.

Les hommes sont mains nues, comme nous, mais chacune de leurs mains peut me broyer la tête sans effort.

Je comprends l'attitude de Livia. Ce sera une question de vitesse et non de force brute.

Une femme sonne une trompette, quelque part sur la gauche.

Les cinq gigantesques gaillards courent vers nous. Nous nous plaçons en éventail, Livia au centre, Évan et moi de chaque côté, Simane et Corrie derrière nous.

Les deux qui foncent vers moi sont impressionnants, mais je tente de garder mon calme. Ils soulèvent de la poussière en avançant. Ça pourrait devenir une arme intéressante.

Je suis prêt pour le corps à corps. Plutôt que de les attendre, je m'élance vers eux. Ils sont surpris. J'en profite pour obliquer vers celui qui se trouve le plus à ma droite. Je ne lui laisse pas le temps de m'attaquer. Il est grand et gros. Je suis plus leste et agile. Je saute en lui balançant mon pied à la figure. Je l'atteins au menton. Sa tête bascule vers l'arrière et son corps suit le mouvement, pour s'effondrer au sol.

J'atterris juste avant de recevoir un coup dans le dos. Je trébuche vers l'avant, un éclair de douleur dans les côtes. Je me penche par réflexe et j'évite le coup de poing suivant. Je suis assez rapide pour suivre le mouvement en tournant sur moi-même. Je donne un nouveau coup de pied, cette fois-ci en poursuivant mon déplacement. L'autre perd pied, dans le tourbillon accéléré de sa rotation.

Livia virevolte entre deux ennemis, elle aussi. Ils esquivent et évitent ses coups. Je ne vois pas Évan dans la poussière soulevée par les combats. Les filles aussi m'échappent, mais comme je distingue quatre des cinq adversaires avec qui nous nous mesurons, ce n'est pas inquiétant.

Celui que j'ai assommé en premier se remet sur pied.

L'autre me fait de nouveau face, même s'il semble encore légèrement étourdi. Il lève les bras, comme un boxeur. Le corps à corps des Désinfecteurs est plutôt inspiré de différents arts martiaux. Je remarque assez vite que le bras gauche de mon assaillant ne parvient pas à hisser son poing à la hauteur de son menton. Je pense l'avoir blessé. Le colosse a une faiblesse à gauche. Il manquera rapidement de symétrie. Il sera déséquilibré. Je pourrai en profiter, à condition de l'épuiser.

Je sens un appel d'air derrière moi. Je m'accroupis pour esquiver le poing qui surgit d'en arrière. Je fais un quart de tour, pour les voir tous les deux. Je ne peux pas les paralyser, ils frappent avec trop de force. Je brandis un poing à gauche, vers le visage de mon adversaire. Il me bloque et réplique d'un coup. Je me déplace sur ma droite en envoyant un pied vers le genou de l'autre. Il ne bouge pas assez vite. Je sens la pression sur l'articulation et j'ajoute du poids. Je ne réussis pas à esquiver totalement le poing qui fonce vers mon épaule droite. Je suis déséquilibré à mon tour.

Je me laisse tomber au sol et roule sur moi-même. Je vois à leurs visages qu'ils n'aiment pas ce genre de combat. Ils préfèrent un affrontement où les adversaires se frappent jusqu'à ce qu'un seul reste debout.

Ils n'utilisent pas du tout leurs jambes. Ils se servent

uniquement de leurs poings et de leur force musculaire directe. Aucune rotation du torse pour augmenter la puissance, aucune technique.

Je peux les avoir.

J'accélère la machine. Je frappe avec mes pieds, vers la ceinture, les jambes, les parties. J'ose viser aussi le torse, et mes coups de pied font mouche. Je recule de quelques pas, ils doivent s'avancer, j'en profite pour revenir à l'attaque.

Je les atteins beaucoup plus souvent qu'eux ne réussissent à me toucher.

Celui que j'ai déjà frappé au genou bouge et je vois clairement comment gagner le combat. Je lui assène un coup de pied circulaire sur la rotule, sa jambe se plie en craquant. Il tombe à genoux. Deux droites au menton et il s'effondre.

L'autre ne semble plus si sûr de lui. Derrière moi, Livia lance des cris sauvages. Je jette un coup d'œil dans sa direction. Le visage de son adversaire encore debout devient de la bouillie alors qu'elle le frappe à toute vitesse, avant qu'il ne tombe.

J'aperçois aussi Évan, qui a le nez éclaté, mais qui ne lâche pas. Simane est avec lui et ils se battent en duo. Ils cognent à tour de rôle et tournent autour de leur assaillant.

Corrie est couchée par terre sans remuer.

Je me suis laissé distraire trop longtemps. Mon ennemi, toujours debout, s'est approché et me balance ses deux poings. La douleur aux côtes que j'ai ressentie plus tôt m'élance et, en bougeant, je fais un faux mouvement. Un poing m'atterrit en pleine figure. Mes dents claquent et le sang qui éclate dans ma bouche a un goût métallique. Je tombe. Je n'arrive pas à arrêter le monde de tourner. Je vois l'ombre du géant s'avancer vers moi. Il soulève son pied pour m'écraser le visage. Je reçois quelques grains de sable dans la bouche. Avant que son pied ne s'abaisse, Livia et Évan sautent par-dessus moi pour le plaquer.

Je lève la tête à temps pour voir le costume d'Évan perdre ses dernières touches de gris tellement il est maculé de sang.

Je tourne la tête. Simane est au sol. Livia et Évan n'ont pas besoin de moi. Mis à part le son de leurs coups de pied sur le Déréglé couché au sol, c'est le silence dans l'arène.

La foule est stupéfaite.

Je me lève péniblement. Je n'ai jamais eu aussi mal. Je m'approche de Simane et m'agenouille près d'elle. Elle esquisse un sourire, puis murmure :

– Ce ne sera pas l'empeste qui va me tuer, finalement.

– Ne dis pas ça, Simane. Ils ont des médecins, dans la Dézone.

– Tu penses qu'ils voudront me soigner ? Tu te trompes.

Elle regarde derrière moi. Je me retourne. Armon nous observe, l'air sévère, les bras croisés. Elle applaudit quelques coups secs, sans enthousiasme. Elle est fâchée. Nous n'avons pas tué ses soldats, nous les avons battus. D'un ton acrimonieux, elle annonce :

– Vous avez mérité votre liberté, dès ce soir.

# 30

Je me relève pour m'avancer vers Armon, rempli d'une joie que je peine à réprimer. Je tente de garder la tête froide, malgré toutes ces émotions. Tant que nous ne serons pas dehors, tout peut changer.

– Et ma sœur ?

– Ta sœur ira avec vous. Votre vaillance prouve que vous avez raison. Ainsi est notre loi.

– Soignerez-vous Simane ?

– Il n'était aucunement question de soins dans notre entente, dit Armon en esquissant un sourire narquois. Nous allons vous amener dans nos terres agricoles pour la nuit.

– Vos terres ? l'interroge Évan. Vous avez ouvert une brèche vers l'extérieur ?

– L'air de la Dézone est totalement isolé de celui de la Normzone, alors il n'y a aucun danger de contamination. De toute façon, nos cultivateurs n'attrapent que très rarement l'empeste.

– Vous faites des cultures ? renchérit Évan.

– Oui, nous exploitons la terre autour. Vous croyez qu'on peut survivre avec ce qu'on nous donne ? Nous travaillons aussi fort ici que vous, dans la Normzone. Pourtant, nous manquons de nourriture, sous prétexte que les médicaments ont une grande valeur qui déséquilibre nos justes parts.

C'est exactement ce que nous disait Corrie : les médicaments coûtent cher. La Normzone exploite la Dézone. Tout devient clair.

– Comment vous assurez-vous que ce que vous cultivez est comestible ? demande Évan.

– Tu vois beaucoup de gens autour de toi qui ont l'air de mourir de maladies contractées par la nourriture ? Nous faisons ce que nous pouvons pour survivre. Je suis une femme de parole. Nous allons vous laisser sortir. Nous vous amènerons dehors dans quelques heures, à la tombée de la nuit. Vous devrez avoir quitté nos terres avant le lever du jour. En attendant, vous retournerez en cellule.

Des gardes armés descendent dans l'arène. Ils lèvent leurs armes pour nous viser et nous obliger à reculer.

Livia s'agenouille près de Corrie, qui ne bouge pas, tandis qu'Évan se précipite vers Simane, qui se plaint à chaque respiration.

Je reste debout, alors que les gardes avancent.

– Vous aviez dit…

– Que je vous libérerais si vous gagniez. C'est ce que je vais faire.

Je n'ai d'autre choix que de reculer, sinon je crains qu'elle donne à ses hommes l'ordre de tirer.

– Valek !

Je me retourne en entendant la voix de Béa. Elle est jetée au sol, sans ménagement. Je me précipite vers elle pour la serrer dans mes bras.

– Viens, petite sœur. Nous serons libérés bientôt et nous pourrons retrouver papa. Il nous attend, quelque part à l'extérieur.

Je me relève en l'enlaçant. Mes côtes me font souffrir le martyre, mais j'essaie de ne pas grimacer.

Je retourne dans la cellule aux murs gris, en bordure de l'arène. Je suis le dernier à y pénétrer. Corrie est couchée sur un mince matelas. Simane pleure dans les bras d'Évan, pliée en deux.

Je dépose Béa pour m'approcher de Corrie. Ses yeux sont fermés, sa poitrine ne bouge pas. Je frôle sa bouche avec ma joue et je sens un léger souffle.

– Elle est vivante !

Elle ne saigne pas, pourtant elle semble mal en point.

– Elle a reçu un coup sur la tête, dit Livia en s'approchant de moi. Elle est probablement très sonnée.

– Comment peut-on l'aider ?

– Je ne sais pas. On attend, je suppose. Elle était déjà blessée avant le début de la bataille, c'est peut-être une accumulation de coups qui l'ont plongée dans cet état. On peut traiter Simane, par contre.

Évan a déposé sa sœur sur un matelas. Il lui caresse les cheveux en me jetant un regard implorant. On ne peut pas la laisser mourir.

Une silhouette se profile devant l'entrée. La grille s'ouvre et un homme, vêtu d'une longue blouse blanche, entre dans la cellule.

– Armon m'envoie vous aider. Elle dit que c'est en paiement pour vos armes.

– Nos armes ? intervient Livia. Nous allons en avoir besoin.

– Je ne pense pas qu'elle se soucie de vos demandes. Et elle vous paie par ma présence. Vous voulez que je soigne vos amies ou pas ?

– Livia, les armes ne sont pas si importantes, déclare Évan.

– Allez-y, Docteur, concède Livia.

Le médecin examine Corrie en premier. Il se penche vers elle, la touche à la tête :

– Elle a une bonne commotion, mais elle devrait s'en tirer. Elle est inconsciente, mais je ne pense pas qu'elle soit en danger.

Il sort une fiole d'une de ses poches.

– Avec ça, elle devrait rester stable. Elle sera ramenée chez elle. Elle n'a pas à subir votre sort. Elle est une Déréglée, comme nous, après tout.

Il insère une seringue dans la fiole, et l'appuie contre le bras de Corrie. Après cette injection, il se relève et se rend maintenant vers Simane. Il fait presque les mêmes gestes, en s'attardant plutôt aux côtes.

– Elle a une côte cassée, qui fait pression sur un poumon. Elle ne pourra pas se déplacer sans grandes douleurs. La seule chose que je puisse faire, c'est de vous offrir quelques doses d'antidouleur. Elle devra voir un médecin très rapidement.

Évan respire profondément, comme s'il voulait contrôler ses émotions.

– Prenez soin de la petite Béa. Je l'ai examinée, plus tôt, et elle est en pleine santé. Votre loyauté envers elle vous honore.

Il se rend à la grille et ressort de notre cellule.

Et nous restons dans l'attente.

# 31

Nous marchons dans les ruelles, entre les habitations, sous le regard hostile de certains Déréglés, escortés par les soldats d'Armon.

Nous avons fait nos adieux à Corrie quand ils l'ont amenée, mais elle n'a toujours pas repris connaissance.

Je porte Béa dans mes bras. Livia et Évan tiennent Simane de chaque côté, qui marche avec difficulté.

J'ai peine à croire que nous nous approchons du mur de cette manière. Il y a beaucoup de gens tout autour, même si c'est l'heure du couvre-feu. Le mur se rapproche de plus en plus. Je ressens un immense frisson de nervosité.

Je suis presque arrivé dehors, dans cette nature sauvage où je n'ai jamais mis les pieds.

Armon marche en tête. Elle s'arrête et se retourne vers nous :

– Vous allez franchir le mur. N'oubliez pas, vous avez jusqu'au lever du soleil pour passer la ligne des arbres. Je vous incite à vous rendre déjà aux épicéas.

Demain matin, mes fermiers auront pour ordre de vous tuer à vue. Et ne vous avisez pas de voler dans mes champs !

– Et les Empestés ? demande Livia. Il y en a ?

– Mes champs sont protégés, mais il y en a dans les bois. Et parce que je ne suis pas totalement sans-cœur, et que vous vous êtes bien battus, voici un petit remontant.

Elle me tend un sac contenant des barres nutritives. Elles ne seront pas calibrées avec notre microbiome personnel, mais les voir me donne faim.

Nous n'avons pas mangé ce matin, comme d'habitude, et après toutes ces émotions fortes, j'ai un creux dans l'estomac.

Mais je devrai attendre avant de combler ma faim : Armon nous fait un signe de la main vers l'ouverture pratiquée sous le mur.

Je regarde Livia qui m'encourage, d'un sourire, à y aller le premier.

Je pose le pied dans la zone qui précède la cavité permettant de passer sous le mur. Mon prochain pas sera décisif.

J'inspire profondément l'air vicié de la Dézone et je me lance. J'avance de plusieurs pas pour passer sous le mur, et mes deux pieds foulent la terre de l'extérieur !

Le ciel est une myriade de teintes orangées et roses. L'immense boule incandescente est basse sur l'horizon, et quelques endroits sont déjà d'un bleu plus foncé.

– Regarde, Valek ! Des étoiles ! Je ne pensais jamais en voir des vraies !

Béa a raison ! Dans la partie plus sombre du ciel, des points scintillent d'une lumière blanche.

Nous nous arrêtons tous, les uns à côté des autres. Nous sommes sortis.

– À partir d'ici, dit Livia, je sais où nous devons aller. Comme l'a suggéré Armon, il vaut mieux marcher tout de suite. On se reposera pour la nuit et, au matin, direction Kÿla.

Nous traversons un champ où les plantes sont hautes. Certaines sont des fleurs jaunes au centre noir, les autres sont vertes avec de longues feuilles.

Le sol est mou, spongieux, même, et les odeurs sont plus fortes que toutes celles que j'ai senties de toute ma vie.

L'allée centrale, entre les cultures, est dégagée et nous permet de progresser assez vite, mais pendant une heure, nous marchons sans arrêt. Béa se blottit contre moi et je sens son souffle régulier dans mon cou. Elle soupire d'aise quand elle s'endort.

Ma sœur, notre espoir à tous.

Quand nous arrivons à la lisière des arbres, nous foulons un sol différent, rempli d'aspérités et de bosses.

– Je ne pensais pas que c'était si… dit Livia.

– Vivant ? continue Évan.

– Même sans animaux, confirme-t-elle.

Nous avançons de quelques pas et, entre les arbres, nous apercevons une zone ronde et dégagée. J'allonge doucement Béa sur le sol et enlève mon manteau de Désinfecteur. Il est sale, mais c'est la meilleure couverture que je puisse lui fournir.

Évan dépose Simane, qui grimace de douleur.

– Tu penses qu'il faudrait établir des tours de garde ? me demande Évan.

– Je prendrai la veille le premier.

– Val, on devrait tirer au sort, rétorque Évan.

– Je ne pourrai pas fermer l'œil, mon ami. Je suis encore trop sur l'adrénaline…

– La dernière fois que nous avons dormi, Béa a disparu, intervient Livia. Je ne la laisserai pas sans surveillance une fois de plus.

– Tirons au sort, alors.

Il y a des bruits autour de nous. Des craquements, des bruissements… et en plus des ronflements : Simane s'est endormie.

En me concentrant, j'entends aussi les clapotis d'une

source d'eau. Nous pourrons nous désaltérer demain matin. Il ne faut pas nous éloigner les uns des autres. Il fait noir dans le sous-bois. Ici, nous avons de la lumière, légère, mais bien présente.

Dans le ciel, un croissant brille. Je ne pensais pas que la lune était si détaillée. Quand je la contemple, je ne vois qu'une lumière blanche, mais en maintenant mon regard fixé sur elle, je distingue des taches noires et des reliefs.

Livia cueille trois bouts de bois au sol et s'approche d'Évan et de moi :

– On tire à la courte paille.

Je regarde Évan et je le laisse poser son doigt sur une branche qui dépasse du poing de Livia. J'en choisis une autre et Livia attrape le bout de la troisième.

Elle ouvre le poing.

C'est moi qui tire le plus petit.

– J'effectue le premier tour de garde. Couchez-vous, vous le méritez bien.

Tout le monde se choisit une place qui lui semble confortable. J'opte pour un tronc d'arbre gisant au sol et je m'assois.

C'est ma première nuit dehors et je vais la passer éveillé, à la belle étoile.

## *Les dangers de l'extérieur*

L'extérieur de Nozophobia était une forêt composée principalement de feuillus où pointaient aussi des conifères par-ci, par-là. Sur les images d'archives provenant de la construction du mur d'enceinte, on voyait les effets de la déforestation nécessaire au transport, mais la forêt restait un endroit mystérieux pour les citoyens.

On racontait que le soleil était tellement fort, à certaines périodes de l'année, qu'il pouvait brûler la peau ! Causant des plaques rouges pour commencer, mais parfois aussi des cloques d'eau qui démangent et, en cas d'exposition prolongée, des brûlures aux radiations solaires, qui provoquaient des cancers !

On disait aussi qu'à l'extérieur les virus se promenaient librement dans l'air en cherchant des hôtes pour les infecter et se reproduire en épuisant les ressources du corps les ayant accueillis. De plus, on racontait que les animaux sauvages n'étaient pas seulement dangereux du fait des morsures, griffures et autres blessures qu'ils pouvaient infliger. Leur esprit primitif ne cherchait que la violence et ils sécrétaient tous divers poisons aux effets variés. Et s'ils étaient porteurs d'un virus, ils pouvaient aussi le transmettre.

Quand les enfants posaient des questions sur les sources de nourriture des ancêtres, on leur racontait comment la nature avait pour unique but de tuer l'être humain. Dans l'imaginaire, les fruits mortels avaient des couleurs vives, et l'eau était empoisonnée sous des dehors potables. On disait que tout ce qui sent mauvais et provoque un sentiment initial de répulsion est le signe qu'il ne faut pas négliger. Cela signifie que le corps reconnaît le poison, mais que, souvent, des ancêtres passaient outre ces signaux et s'intoxiquaient à petit feu avec des produits aux odeurs nauséabondes.

VM

# 32

Des lueurs commencent à apparaître à l'horizon quand on entend un craquement plus sourd que les autres.

Je combats le sommeil depuis un moment, mais Évan semble dormir encore. Livia a l'air tellement paisible que je ne veux pas les réveiller ni l'un ni l'autre.

Cependant, le craquement est suffisant pour me mettre sur pied et pour ameuter immédiatement les autres :

– Évan ! Livia !

Ils ouvrent les yeux simultanément et se dressent d'un bond, en état d'alerte. Nous nous plaçons en cercle, de manière à ce que Béa et Simane soient au centre. Livia ramasse une branche au sol. Évan et moi l'imitons, parce que c'est la seule manière de s'armer.

Simane se lève, elle aussi.

– Tu devrais t'asseoir… murmure Évan. Tu es trop faible…

– Nous sommes ici à cause de moi, je ne vous

laisserai pas nous défendre sans donner un coup de pouce, répond sa sœur.

Je suis certain qu'Évan et Livia pensent comme moi : Simane est la moins forte d'entre nous quand elle est en pleine forme, alors blessée… Je serre mes mains sur le bâton pour m'assurer une frappe plus forte.

Dans les feuillages, les bruits sont omniprésents. Mais dans le bruissement des feuilles, j'ai perçu un nouveau craquement sec.

J'ai peur que nous ne résistions pas très longtemps dehors.

Béa ne dort plus. Elle affiche un air affolé.

– Reste au centre. Il ne t'arrivera rien, dit Livia.

Soudain, une petite créature, qui mesure environ trente centimètres, apparaît devant moi. Elle a des pattes de la longueur de mes pieds. L'animal a un visage triangulaire aux yeux d'un noir profond. Sa truffe est retroussée au-dessus d'une grande bouche remplie de petites dents pointues et tranchantes.

Si ce n'est que ça, nous pouvons en venir à bout. Cet animal ne représente pas un grand danger.

Un nouveau craquement, à ma gauche. Et un autre, à ma droite. Des fourrées sortent quatre autres bêtes.

Seule, elle n'avait pas l'air menaçante, mais avec sa meute… Des craquements autour laissent présager que d'autres créatures sont tapies plus loin.

Elles chassent à l'aube. Nous sommes leurs proies de ce matin.

Je m'attendais à affronter des bêtes énormes et probablement plus lentes à foncer sur nous, mais celles qui nous encerclent sont petites, donc rapides.

Une première s'élance sans avertissement. Livia la frappe par réflexe et l'atteint à la tête.

J'espère que le premier coup dissuadera les autres, mais ce n'est pas le cas. Les animaux s'énervent et se mettent à siffler en bondissant vers nous.

– Protégez Béa à tout prix ! crie Livia, en faisant tournoyer son gourdin.

Je frappe et rate mon coup. La bête me saute à la gorge, mais je l'esquive. Les griffes me frôlent et je sens la brûlure sur ma peau. Ce n'est pas normal, ça ne devrait pas m'irriter autant.

Je me souviens alors de mes apprentissages. Dans ces forêts vivent des animaux qui sécrètent des toxines pour éloigner leurs prédateurs.

– Leurs griffes sont toxiques !

Je le dis, mais un rapide regard me confirme que je ne suis pas le seul qui ait été atteint.

Livia s'est rapprochée du centre et protège Béa de son propre corps. Il faut empêcher les animaux de passer pour l'aider à sauver ma sœur. Je n'ai pas dormi, mais je me sens envahi d'une énergie renouvelée.

Une morsure au mollet me fait rager. Je balaie le sol de mon bâton et j'assène un coup sur le ventre d'une bête.

Les petites créatures, peu nombreuses au départ, se multiplient. Il y en a de plus en plus, et Livia crie pour tenter de les effrayer.

Simane grimace de douleur en tournant rapidement pour frapper les prédateurs. Je reçois des gouttes de sang et me retourne. Livia s'est fait attaquer par plusieurs animaux et l'un d'entre eux est suspendu à sa gorge, sa gueule bien fermée sur sa trachée. Avec ses griffes avant, l'animal féroce lui laboure les joues.

– Livia ! s'écrie Béa, tentant d'enlever de ses mains la bête en tirant sur son dos.

Des animaux se tournent vers ma sœur. Il en surgit d'autres de derrière les arbres.

Une flèche se plante devant Béa, transperçant une bête qui allait bondir sur elle.

Des cris de guerre résonnent et me donnent froid dans le dos, alors que des silhouettes humaines arrivent au pas de charge.

Les hommes affrontent les bêtes pendant que je me précipite vers Livia, qui s'est effondrée au sol. Évan et Simane se placent près de moi, pour assurer notre sécurité.

Livia saigne beaucoup. J'essaie d'arrêter l'hémorragie, mais rien n'y fait. Le sang ne cesse de couler pendant que les nouveaux venus abattent nos assaillants velus.

– Valek, prends soin de Béa…

Livia respire difficilement. Ses yeux sont grand ouverts et sa poitrine reste gonflée au maximum.

– Livia ! Tu ne peux pas…

– Fais-leur confiance, Valek. Je ne pensais pas qu'ils nous trouveraient si vite, mais ils peuvent te mener à ton père.

– Attends, Livia, tu ne peux pas…

– Va…

Elle pousse un dernier soupir, sans pouvoir terminer sa phrase.

Je ne bouge pas. J'ai l'impression qu'un poids immense vient de m'écraser les épaules. Béa se jette dans mes bras. Je la serre contre moi par réflexe, mais je suis effondré par la mort de Livia.

Autour de moi, les hommes sauvages, vêtus de peaux de bête, se regroupent, les lances pointées vers nous.

Je n'ai pas le temps de pleurer Livia. Je dois protéger Béa de cette nouvelle menace.

# 33

Les poils hirsutes des vêtements des nouveaux venus sont sales. Sur leurs fronts, on distingue des marques, d'une teinte foncée, qui forment des motifs.

Béa a peur et se colle contre moi. Évan reste debout, le gourdin pointé, tandis que Simane est à genoux et essaie de se remettre sur pied.

Livia est morte.

Nous sommes entourés de lances de bois aux pointes rocheuses, sûrement plus efficaces que nos simples bouts de bois.

Évan et moi, contre une vingtaine de ces habitants de la forêt, n'avons pas beaucoup de chances d'en sortir victorieux.

Je ne pensais pas que des gens vivaient à l'extérieur. En fait, avant de voir mon père dans la Normzone et de comprendre qu'il n'était pas Empesté, j'étais loin d'imaginer qu'il était possible d'y survivre.

J'ai l'impression d'avoir découvert une autre réalité.

D'un mouvement de sa lance, l'un des hommes

vêtus de peaux de bête nous indique de nous déplacer. Je me lève, Béa accrochée à moi, tandis qu'Évan hésite.

– Ne résiste pas, Évan. Livia a dit de leur faire confiance.

Il hoche la tête et dépose son gourdin. Il se dirige vers sa sœur pour l'aider à se tenir debout.

Nous suivons le trajet de la lance. J'espère que nous n'aurons pas encore à nous battre.

Je serre Béa contre moi en tentant de calmer ses pleurs. Elle connaissait Livia depuis toujours. Moi aussi, mais je ne la pleurerai pas tout de suite. Je vais accomplir ce qu'elle m'a demandé : emmener ma sœur à mon père.

Nous avançons dans la lueur du jour qui se lève. Le soleil pique ma peau. Je ne croyais pas que ça pouvait être aussi brûlant.

Je dois regarder par terre, car je ne suis pas habitué à marcher sur un sol aussi inégal. Il y a des odeurs ici que je ne connais pas, et j'ai soudain très faim. C'est étrange, cette sensation : dans la Normzone, je n'avais jamais cette impression d'être vide, de devoir me nourrir. C'est peut-être parce que nos bouillies calibrées étaient parfaitement balancées. Mais ici, en apercevant, dans les arbustes près de moi, de petites boules rouges à l'odeur sucrée, je sens mon estomac gronder.

Je ne sais même pas si ces fruits sont comestibles. Je n'ai jamais mangé de fruits frais. Je ne connais que les arômes qui aromatisent parfois la bouillie protéinée de la Normzone.

Jamais je ne survivrai ici sans aide.

Pendant que je marche en suivant la procession des hommes vêtus de fourrure, je ne peux m'empêcher de me questionner : Miersk a-t-il raison de nous garder enfermés dans Nozophobia ? Avons-nous perdu la capacité de survivre seuls à l'extérieur ?

Ces créatures sauvages, qui n'étaient ni grosses ni très effrayantes, nous auraient tués sans l'intervention de ces hommes. Nos sauveurs grognent pour communiquer entre eux, sans nous adresser la parole.

Nous parvenons à un endroit où sont construites une dizaine de maisons, disposées en cercle autour d'un grand bûcher. Sur une broche métallique, des carcasses de ces petites bêtes rôtissent. L'odeur me paraît alléchante. Pendant que nous nous approchons des bûches placées près du feu, un homme sort d'une maison. Avec ses vêtements de Norm, il dégage quelque chose de très différent des autres habitants de l'extérieur que nous venons de rencontrer.

Il se dirige directement vers moi. Je suis content de

pouvoir me reposer les jambes, d'autant plus que Béa ne me lâche pas.

– Ton père le savait ! Tu es bien Valek Mongeau ? dit-il en me tendant la main.

Je la serre, et il continue :

– Tu es son portrait tout craché ! Son agente dormante est avec toi ?

– Livia est…

Je ne peux pas prononcer ce mot.

– Je suis désolé qu'elle ne soit pas ici. Je m'appelle Jibert et suis responsable du poste Ouest.

– Il y a plusieurs endroits comme ça ? demande Évan.

– Quelques-uns, tout autour de Nozophobia.

– Et vous n'êtes pas Empesté ?

– Je le suis. J'ai été jeté dehors, il y a trois ans. J'ai été recruté par ton père, qui m'a soigné. Il faut cesser d'avoir peur de l'empeste. C'est une maladie qui se guérit si elle est traitée à temps. Et une fois qu'on l'a attrapée, on ne peut plus la contracter. Depuis que je suis ici, je suis responsable de ce poste.

– Et eux ? demande Simane.

– Ce sont des Empestés. Ils sont contaminés depuis longtemps. Trop pour redevenir totalement humains. Ils survivent et déchiffrent nos ordres dans la mesure où ils sont simples, mais c'est tout. Ils viennent de

Nozophobia ou ont grandi à l'extérieur de la cité. Quand on sait comment les comprendre, on saisit que ce n'est pas une condition irréversible. Les Empestés deviennent même presque sympathiques.

– Et les assauts sur Nozophobia ?

– Orchestrés de l'intérieur ou menés par des Empestés trop infectés.

Simane et Évan se lancent un long regard sceptique.

– Vous verrez. Pour le moment, mangez un peu. Il semblerait que les patrouilleurs vous ont sauvés des viverides.

– Viverides ?

– Les petits voraces… Heureusement, leur viande, une fois cuite, est délicieuse. Vous allez avoir votre vengeance ! ajoute-t-il avec un sourire.

Une femme nous apporte des assiettes de bois, sur lesquelles se trouvent des tranches brunâtres qui sentent très bon. Elles sont accompagnées de boules blanches à l'odeur plus amère, mais qui ne détruit pas celle agréable du rôti.

Je n'ai jamais goûté de vraie viande. Je suis curieux, mais aussi craintif. J'ai peur que manger un animal mort soit dangereux. Pourtant, je sais que mes ancêtres en ont consommé pendant des millénaires.

– Val, ça sent vraiment bon, et j'ai très faim. Est-ce

qu'on peut en prendre un peu ? me demande Béa.

J'attrape une cuillère munie de dents. Nous n'utilisions pas cet objet dans Nozophobia, mais je me souviens vaguement d'en avoir croisé dans un vieil imagier pour enfants.

Une fourchette.

Je pique les dents dans un bout de viande et je le porte à ma bouche. L'explosion de goûts est hallucinante.

– C'est bon ? Je peux goûter, maintenant ? s'impatiente Béa.

– Oui, ma chérie, c'est vraiment délicieux.

Il n'en fallait pas plus pour qu'elle attaque gaiement la viande, elle aussi.

Je commence à me dire que, malgré les dangers et les défis que cela représente, il serait possible de vivre à l'extérieur.

# 34

Je suis étendu sur un vrai matelas, Béa blottie contre moi, et je fixe le plafond. J'ai dormi quelques minutes, mais j'ai fait des cauchemars. Je ne me sens pas bien, alors je préfère rester éveillé.

Malgré les beaux discours de Jibert, je ne sais pas si je peux lui faire confiance. Je ne sais plus à qui je peux me fier, mis à part Béa, Évan et Simane.

Nous irons voir mon père, tout à l'heure, et je me demande comment je pourrai croire quelqu'un qui nous a abandonnés.

Qu'il ait confié à Livia la mission de nous surveiller et de nous aider ne comble pas le vide de sa disparition. S'il était en pleine forme, pourquoi ne nous a-t-il jamais fait signe ?

Le lit est moins confortable que dans Nozophobia, mais beaucoup plus douillet que la paillasse sur laquelle j'ai dormi dans la Dézone. Le plafond est formé de poutres sur lesquelles reposent des planches de bois.

Du vrai bois. Pas un polymère blanc uni. Quelque

chose de plus brut, de naturel.

Jibert nous a proposé de nous reposer après avoir pansé nos blessures. De toute façon, les Forestiers, comme il appelle ceux qui l'accompagnent, refuseront de partir avant d'avoir dépecé les viverides qu'ils ont chassés, et avant d'avoir préparé les peaux pour le tannage.

Tout est tellement différent de Nozophobia. J'ai l'impression que, si nous sortions des murs, nous aurions tellement de choses à apprendre, tellement d'adaptations à faire dans notre mode de vie.

Juste la peur de la maladie. Cette peur qui nous habite depuis toujours. Même si je m'efforce de ne pas y penser, à chaque respiration, je me demande si je ne laisse pas entrer des microorganismes dans mon corps.

Des bactéries ou des virus, dont la seule raison d'être est de me tuer, vivent partout à l'extérieur. Ils réussissaient parfois à pénétrer dans Nozophobia. Je ne peux pas concevoir qu'ici on peut vivre sans protection.

J'espère que les vaccins et les antibiotiques qu'on nous donnait dans la Normzone sont réellement efficaces.

Évan et Simane sont dans une autre pièce. Ils chuchotent derrière un mur, probablement pour éviter de nous réveiller, Béa et moi. Ils ne savent pas que je ne dors pas.

– Nous y sommes presque, dit Simane.

– Tu es toujours certaine que c'est la bonne chose à faire ?

– C'est la seule façon de retrouver un semblant de vie normale, Évan.

Moi aussi, j'ai des doutes. Peut-être que nous risquons tous nos vies pour des fantaisies irréalistes.

J'entends des pas s'arrêter devant la porte de notre habitation. Jibert frappe quelques coups discrets. Je me lève en déplaçant légèrement Béa, sans la réveiller, et je me rends à la porte.

– Les Forestiers sont prêts à nous escorter jusqu'à Kÿla, me dit le chef de poste, sac à dos sur l'épaule.

Je me dirige vers le lit pour tirer Béa du sommeil en lui secouant doucement l'épaule.

Une dizaine de minutes plus tard, nous partons. Cette fois-ci, ma sœur marche près de moi, en me tenant par la main. Évan et Simane font route ensemble. Ils ont l'air épuisés et ça se comprend : le diagnostic de dystrophie de Simane doit commencer à leur peser. Après tout, elle risque de perdre le contrôle de son corps d'un instant à l'autre. Nous nous enfonçons dans la forêt, et le rythme est difficile à suivre. Le soleil brille dans le ciel teinté d'un bleu éclatant. La luminosité et la température changent à tout moment.

C'est étrange, mais je savoure ces différences. Chaque nouvelle sensation est surprenante tant elle est vive.

Plus j'avance dans la forêt, et plus Nozophobia devient, dans ma mémoire, un lieu terne. J'ai toujours cru que notre société aseptisée était une bonne chose. Tout est blanc, tout est lisse, sans aspérités, pour faciliter le nettoyage. Je réalise, à chaque pas, que j'étais privé d'une multitude de sensations, de reliefs, de couleurs, d'odeurs…

Les Forestiers suspendent soudainement leurs pas. Ils reniflent l'air et se tapissent ensuite au creux d'un buisson. Je m'agenouille et j'entends, dans les broussailles, le bruit qui les a fait s'arrêter.

Des craquements prononcés, comme si un mastodonte cherchait à tracer son chemin.

Sur le sentier rudimentaire apparaît, franchissant la bande de fougères bordant notre chemin, une tête triangulaire plus grosse qu'un bébé d'un mois. Elle est couverte de poils bruns, longs et hirsutes, et son museau est surmonté de deux yeux noirs.

La bête gronde en remarquant notre présence, et je sens Béa m'étreindre un peu plus. Je place un bras autour de ses épaules et nous tentons de demeurer immobiles, comme les Forestiers.

L'ours est beaucoup plus gros que je ne l'aurais pensé. Il avance de sa démarche pesante, sans se soucier de nous.

Dès qu'il a disparu de l'autre côté du sentier, nous reprenons notre progression.

Des insectes virevoltent autour de moi.

Je ne tombe pas, mais je trébuche à plusieurs reprises, heureusement sans conséquences fâcheuses.

Je ne sais pas depuis combien de temps nous marchons. Nous nous arrêtons pour boire à un ruisseau. J'ai soif. Je le constate en entendant le clapotis de l'eau.

J'hésite parce que je crains que l'eau ne soit pas potable. Je vais me fier à l'expérience : les Forestiers ne meurent pas, alors elle est sûrement saine.

Je m'avance pour m'agenouiller et prendre, au creux de ma main, de l'eau courante. J'espère que mes craintes instinctives cesseront un jour. Je m'asperge le visage en même temps que je bois, et la sensation de cette eau fraîche contre ma peau est revigorante.

Quitter cette nature sauvage si riche au profit d'une prison immaculée a dû être un choix déchirant pour plusieurs fondateurs de Nozophobia. Renoncer à toutes ces sensations…

Nous reprenons la route en remontant le long de ce ruisseau, en nous enfonçant toujours plus loin dans la forêt. J'ai l'impression de gravir une pente douce, comme si nous grimpions lentement, mais sûrement.

Après quelques heures à suivre le ruisseau, j'ai les cuisses qui me brûlent, le dos courbaturé et un début de mal de tête. Je soulage Béa en la prenant souvent dans mes bras, relayé heureusement par Évan de temps à autre, moments pendant lesquels j'aide Simane.

Nous débouchons soudainement sur une vallée qui semble déserte, mais Jibert la désigne en disant :

– Nous sommes arrivés à la maison.

## *Le foyer*

Dans la Normzone, toutes les maisons étaient semblables, presque identiques. Les mêmes pièces, aux mêmes emplacements, équipées des mêmes commodités fonctionnant de la même manière. Les déménagements étaient fréquents, au gré des nouvelles occupations professionnelles ou des nouveaux diagnostics. Les maisons d'Empestés devaient être désinfectées et même souvent détruites et reconstruites à neuf, tandis que les maisons des Déréglés devenaient libres dès le lendemain d'un départ.

Il était possible de demander à changer d'endroit si une maison mieux située devenait disponible. Sinon, les changements d'habitation étaient souvent imposés par des réorganisations de quartier : parfois, des désinfections de masse étaient programmées si trop de cas d'empeste étaient concentrés dans certains quartiers.

Les maisons étaient peu décorées, car il ne servait à rien de s'attacher à un lieu qu'on pouvait quitter à tout instant. Le Don quotidien décidait de l'endroit où l'on pouvait se réveiller le lendemain. Aucune photographie imprimée ne tapissait les murs des habitations, même si l'on continuait à développer les technologies. On ne pouvait se permettre d'avoir à ranger, déménager ou détruire trop d'objets personnels, le cas échéant.

Dans les livres d'histoire, on parlait de l'importance de posséder son espace, d'avoir un endroit qu'on appelle « le foyer ». Dans Nozophobia, le sentiment d'être chez soi, d'occuper un espace défini qui soit personnel et privé n'existait pas. Il était nécessaire, pour la bonne marche de toute la société, de stimuler l'appartenance à quelque chose de plus grand que la simple famille : les murs isolant Nozophobia de l'extérieur formaient la vraie maison de tous les citoyens.

VM

# 35

Jibert fouille dans son sac à dos et donne un objet à l'un des Forestiers. Les hommes vêtus de peaux de bête s'en retournent dans la forêt, tandis que nous descendons vers la ville.

– Ils ne nous accompagnent pas ? demande Évan.

– Non, ce sont des hommes de bois. Ils collaborent avec nous, mais ils ont leur propre vie. Ils sont intelligents, mais ils craignent la technologie… alors ils ne s'aventurent pas à Kÿla.

Je ne vois toujours pas où il veut nous amener : il n'y a rien devant nous.

– Venez, l'entrée est par ici.

Jibert nous précède vers une paroi rocheuse. Il sort d'une de ses poches un petit dispositif rectangulaire, qu'il appuie contre la pierre.

– Comment peut-il y avoir une ville, si près de Nozophobia, sans qu'on le sache ? demande Simane.

– Pendant la construction de Nozophobia, il y avait des ouvriers qu'il fallait loger, nourrir, entretenir.

Cette ville abritait plus de cinq mille personnes, à son apogée. Environ 10 % ont eu accès à Nozophobia. Une structure semblable à celle qui protège Nozophobia a été bâtie à toute vitesse pour tenter de sauver les habitants avant que la Troisième Guerre frappe dans la région. Malheureusement, c'était trop tard.

– Et comment savez-vous tout ça ?

– Il y avait des archives. Tout y était consigné. Certains Forestiers sont les descendants de ceux qui ont aidé à cette construction, mais à qui on a fermé la porte juste avant que l'empeste arrive. Leur dôme était inefficace, mais les premiers rebelles de l'AILE qui ont été renvoyés, il y a longtemps, ont amélioré le champ de force avec du camouflage et ils ont effacé de toutes les archives de Nozophobia l'emplacement de Kÿla.

Devant nous, on aperçoit un miroitement.

– J'ai désactivé la protection de ce côté-ci. Nous pouvons aller de l'avant et nous nous retrouverons sur le territoire de Kÿla.

Il s'avance et nous le suivons. Je ressens un picotement quand je franchis le champ de force. De l'autre côté, une ville se dessine en contrebas, dans la vallée.

Il amorce la descente avant que je puisse poser une nouvelle question. Je ne peux pas croire qu'on trouve autre chose qu'une forêt autour de Nozophobia. Je me serais attendu à voir des ruines, peut-être même des traces de la dernière guerre.

Il ne m'était jamais venu à l'esprit qu'il pouvait y avoir de la vie organisée si près.

Il y a beaucoup de maisons, ici. Plus qu'au campement. On entend des cris d'enfants quand nous arrivons proche de la première habitation.

Deux gamins d'environ dix ans sortent en courant et s'arrêtent devant nous. Nous sommes probablement affreux, avec nos vêtements souillés et la fatigue des derniers jours imprimée sur nos visages.

– Maman ! C'est Jibert ! Il revient avec des visiteurs !

Une femme s'élance hors de la maison et se précipite vers Jibert. Elle le serre dans ses bras et nous jette un coup d'œil.

– Tu as récupéré de nouveaux Empestés ?

– Non, Glarianne. Regarde le grand comme il faut.

Il me désigne et la femme porte une main à sa bouche :

– C'est le fils de Bergon !

– C'est lui.

– Et la petite ?

Jibert acquiesce. Glarianne nous fait un grand sourire. Nous continuons sans nous laisser distancer, mais plus nous progressons entre les habitations, plus les gens émergent des maisons. C'est intimidant. Tout le monde nous regarde en nous montrant du doigt.

Nous parvenons à des bâtiments plus élevés, qui, de toute évidence, ne sont pas des demeures, mais des immeubles de travail.

Je le vois avant que nous arrivions à la grande bâtisse, construite en long plutôt qu'en hauteur. Il est dehors et nous attend. Il a posé ses poings sur ses hanches. Il a la tête haute et le port altier.

Je suis envahi d'un étrange sentiment. Je ne peux pas croire que je l'ai vraiment vu, il y a quelques jours, dans la Normzone et que, maintenant, il est ici, dehors, devant moi. L'enchaînement des événements s'est fait tellement rapidement que c'est à peine concevable que ce soit vrai.

Pourtant, je le reconnais. Béa, qui est revenue dans mes bras, semble le remarquer aussi. Elle se tortille, comme si elle voulait mieux le voir.

– Valek, est-ce que c'est lui ? Il ressemble beaucoup aux images que j'ai vues sur les photos.

– Oui, Béa. C'est papa.

Elle quitte mes bras et, dès que ses pieds touchent le sol, elle s'élance dans sa direction en courant.

La dernière fois qu'elle l'a vu, elle avait à peine un an. Elle ne marchait pas encore. Elle babillait, mais je me souviens qu'il la prenait toujours dans ses bras et l'appelait « ma petite princesse ». Il la cajolait plus que je ne l'avais été moi-même.

Nous continuons d'aller vers lui, à pas réguliers, tandis que Béa lui saute au cou. Il la soulève et la serre contre lui. Elle passe ses petits bras autour de sa nuque et l'embrasse sur la joue !

Je l'entends s'écrier « Papa ! », tandis qu'ils se font un câlin.

Je ressens un malaise. Je le vois de plus près que l'autre jour, quand j'ai sauvé Araël Miersk. Les détails sont les mêmes : la forme de son menton, la courbe de son nez, la lueur d'intelligence dans ses yeux.

Quand j'arrive près de lui, il dépose Béa par terre et avance à pas de géant vers moi.

Dans mon souvenir, il était grand. Maintenant, je le regarde dans les yeux sans lever la tête.

Il ouvre grand les bras et, avant que je ne puisse bouger, il m'écrase contre sa poitrine.

– Valek ! Mon fils !

Son accolade vigoureuse me coupe le souffle :

– Je suis content de te voir !

– Moi aussi.

Béa revient vers nous, et nous la prenons dans nos bras. C'est presque la réunion de famille à laquelle j'ai rêvé tout ce temps depuis son arrestation.

Il manque maman.

Nous nous séparons, et mon père tient toujours Béa dans ses bras. Il se tourne vers Évan et vers Simane :

– Bienvenue parmi nous. Je me souviens de vous… même si vous avez grandi !

Il me passe un bras autour des épaules :

– Nous avons beaucoup de choses à nous raconter, les enfants. Mais avant, je vais vous écouter. Je veux tout savoir sur vous. Vous m'avez tellement manqué !

Il nous emmène dans la bâtisse longue. C'est un laboratoire, je le vois par les portes intérieures vitrées : on y aperçoit de l'équipement d'analyse scientifique.

Des gens en blouse blanche semblent mener des expériences. Ils s'arrêtent tous de travailler pour nous regarder passer.

Nous entrons dans une grande pièce meublée de canapés. Mon père, qui n'a pas laissé Béa quitter ses bras, nous invite à nous asseoir :

– Racontez-moi tout, dit-il.

# 36

Après quelques heures de discussion à bâtons rompus, nous avons relaté les étapes de notre périple.

Béa était assise sur mon père, et il l'a enlacée plus vigoureusement quand j'ai mentionné le sacrifice de ma mère.

Évan a pris le relais par la suite, et s'est arrêté après avoir fait allusion à la mort de Livia. J'ai vu que mon père était affecté par ces nouvelles.

Pendant qu'on décrivait l'affrontement avec les viverides, un homme est venu offrir une pilule à Simane, en lui disant que c'était la première étape de son traitement contre la dystrophie.

– Ici, nous pouvons soigner beaucoup de maladies qu'on ne traite pas vraiment dans Nozophobia, même si nous en étions capables, a soupiré mon père.

Il nous a aussi fait un prélèvement sanguin, pour analyser notre état de santé et pour observer comment notre corps réagissait aux contaminants extérieurs.

On nous a ensuite invités à nous doucher, avant le

banquet préparé en notre honneur. Une commodité de la vie « moderne » à l'extérieur de Nozophobia, c'est plus que je ne pouvais espérer.

Après avoir passé quelques jours à l'extérieur des murs de la Normzone, j'ai désormais une certitude : on nous ment. La réalité n'est pas celle qu'on nous laisse croire.

Il s'en est fallu de peu pour que j'emprunte une autre voie, et pour que je ne découvre jamais tout ça.

Si Kaleth n'avait pas souffert d'empeste, je n'aurais pas été mis en quarantaine. Ma mère n'aurait jamais revu le docteur Arkson. Elle ne serait pas redevenue une cible pour le Nakagha... Ce n'est pas le moment de me perdre dans mes pensées. Mon père m'a dit qu'on trouverait des vêtements propres à ma taille.

Je sors de la douche et je m'examine dans le miroir embué. J'ai vieilli depuis quelques jours. Je le vois à mes traits creusés, à la légère barbe qui me couvre les joues.

Sur le lit dans lequel je dormirai cette nuit, un t-shirt et un pantalon m'attendent. Je les enfile, et ils me vont parfaitement.

Cette ville possède des ressources que je ne pouvais imaginer pour un endroit à l'extérieur du mur. Pendant que mon père était ici, qu'il intégrait cette société parallèle alors que nous le croyions mort, nous vivions sous la peur de l'empeste.

S'il était revenu nous chercher tout de suite, tout aurait été différent. Pourquoi a-t-il attendu cinq ans avant de tout remettre en branle ? S'il nous avait sortis de là, ma mère serait encore vivante.

J'ai hâte d'avoir un moment seul avec lui pour qu'il justifie ses actes. J'ai besoin de comprendre pourquoi il a géré tout ça de cette manière.

Je quitte ma chambre pour me retrouver dans un couloir. Il s'agit en fait d'un dortoir à même le laboratoire.

Je ne suis pas seul. Une femme m'accueille avec un grand sourire. Je reconnais Glarianne.

– Tu es prêt à rencontrer beaucoup de gens ?

– Je ne sais pas. Comment êtes-vous aussi nombreux ? Comment pouvez-vous fonctionner sans toute une organisation, comme dans Nozophobia ?

– Tu auras réponse à toutes tes questions, Valek, mais chaque chose en son temps. Et pour l'organisation, dis-toi que ton père n'est pas le premier à avoir été rejeté sans être malade. Tous les Miersk ont fait face à l'AILE. Rimor est le premier qui pense avoir tué la rébellion dans l'œuf, sans se douter que dehors nous continuons à travailler à la libération ultime.

Nous avançons dans le corridor pendant qu'elle m'explique tout ça. Tout est propre ici, comme dans la Normzone. Les murs sont immaculés, le plancher ne présente aucune saleté… Si je ne le savais pas, je pourrais presque croire que nous sommes de retour dans notre quartier.

Nous arrivons dans une grande pièce réunissant une bonne centaine de personnes, toutes assises à des tables longues. Près du fond, un grand feu réchauffe des marmites au fumet appétissant, et une carcasse d'animal rôtit sur une broche. La quantité d'odeurs qui s'en dégagent est hallucinante. Aussi, le lieu est très bruyant, plus que tout ce que j'ai déjà entendu.

Les gens ici mangent, ils ne se contentent pas d'avaler une bouillie sans goût, fade et grisâtre. Et le repas est une occasion de se réunir.

Il y a peu d'enfants ou d'adolescents ; je suis toutefois surpris d'en voir quelques-uns. Est-ce que ce sont de jeunes Empestés ou les enfants d'Empestés ? Il faudra que je pense à le demander, par curiosité.

Béa est là et elle sautille avec d'autres jeunes, dont certains semblent à peine plus vieux qu'elle.

Elle porte un bandage au bras gauche, sous le coude. Glarianne remarque la direction de mon regard.

– Ton père a fait quelques prélèvements. Je suis certaine qu'il pourra tout t'expliquer. Ne t'inquiète pas, elle n'a pas mal. Elle s'amuse avec d'autres enfants, ça lui fait du bien.

– Qu'est-ce que tu en sais ?

– C'est mon travail. Je m'occupe des enfants et je sais m'assurer qu'ils sont heureux. Je devine aussi que tu as besoin de te reposer, Valek. Tu as vécu un stress énorme ces derniers jours. Après ce repas, tu pourras dormir sans inquiétude. Tu es ici chez toi.

– Mais tout ce qu'on m'a raconté à propos de mon père…

– Tout te sera expliqué en temps voulu, ne t'en fais pas.

Quelques minutes plus tard, nous sommes tous assis aux grandes tables, et des bols de potage sont distribués à chaque convive. Ce n'est pas une bouillie comme dans Nozophobia. C'est une purée orangée qui dégage une odeur épicée. Le brouhaha de la pièce est une musique nouvelle à mes oreilles : le choc des ustensiles, le bruit des conversations, les éclats de rire de la table des enfants…

Je prends une cuillère et j'imite les autres. Je la plonge dans le bol et porte une petite gorgée à ma bouche. La soupe est chaude. Je vois la vapeur qui s'en dégage. Je souffle et l'apporte à mes lèvres.

Malgré la chaleur, le goût est délicieux et la texture onctueuse. J'avale quelques cuillérées avant d'oser demander à mon père, assis près de moi :

– Qu'est-ce qu'il y a dedans ?

– Des carottes, différentes sortes de courges et du gras de viveride. Tu aimes ?

– Beaucoup.

Il me sourit :

– Je suis fier que tu sois là.

J'aurais tellement de questions à lui poser, mais je ne sais par où commencer…

– Je ne comprends pas comment vous vivez, papa.

– Que veux-tu dire ?

– D'où viennent ces légumes ?

– Nous possédons des champs. Nous y cultivons des légumes.

– Mais pourquoi…

– Valek, je crois que les questions peuvent attendre. La célébration est importante, car nous n'avons pas souvent l'occasion de nous réunir comme ça.

Je ne réponds pas. Évan et Simane sont assis à un coin de la table et ne parlent pas beaucoup. Ils ont même l'air préoccupés. Je vais leur laisser du temps pour se remettre du voyage.

Je me doute bien qu'ils sont déçus. Après tout, leurs parents ont été chassés de Nozophobia à cause de l'empeste, et ils ne sont pas à Kÿla. J'imagine que, lorsqu'ils ont compris que beaucoup de gens ici avaient été diagnostiqués d'empeste, mais avaient été soignés, ils ont eu espoir de les revoir.

Une personne responsable du service du repas s'approche et dépose, au centre de la table, un morceau de viande gigantesque.

Mon père en coupe une tranche, qu'il met dans mon assiette :

– Bienvenue à la maison, mon fils.

# 37

Depuis deux jours, nous sommes dans la « maison » familiale, qui est à même le laboratoire. Mon père n'a pas passé beaucoup de temps avec nous, il avait énormément de choses à faire.

Cet après-midi, je le regarde jouer avec Béa et je suis fâché. Je devrais être heureux. Je ne l'ai pas vu depuis cinq ans. Je devrais avoir envie de tout lui raconter, de lui confier ce que j'ai vécu… mais j'en suis incapable.

Je lui en veux. Il est en pleine forme, il vit ici depuis tout ce temps, tout le monde le respecte… Il a organisé une société parallèle et nous a laissés vivre sous cette épée de Damoclès qui nous pendait toujours au-dessus de la tête.

Et maintenant, ma mère a disparu. Pour de bon, cette fois.

– Va jouer avec eux, Béa. Il faut que je parle à ton frère.

Béa le quitte et se dirige vers d'autres habitants du village, qui l'accueillent à bras ouverts. Mon père vient vers moi en souriant.

– Tu n'as pas l'air bien, Valek. Je suis content de te voir, mais je sens que tu ne partages pas mon sentiment.

Je ne pensais pas être envahi d'autant de ressentiment en le rencontrant.

– Je sais que tu es fâché. C'est normal. Tu ne peux pas comprendre que tout ça dépasse nos propres vies.

– Tout ce que j'ai vécu, depuis cinq ans... Et pas que moi : maman, tout ce qu'elle a enduré...

– Valek, je ne peux pas effacer tout ce qui s'est passé. Le Nakagha m'a fait arrêter sous prétexte d'empeste, mais je n'étais pas malade. Il voulait m'emprisonner, mais j'avais prévu le coup. Des hommes qui croyaient en mon plan m'ont libéré et m'ont escorté dehors. Ils ont été tués pour m'avoir aidé, mais le Nakagha n'a jamais su où je me trouvais.

– Tu savais que Miersk allait te capturer. Tu savais que tu allais partir, d'une manière ou d'une autre. Tu aurais pu m'en parler, tu aurais pu...

– Comment, Valek ? Comment est-ce que j'aurais pu m'assurer que personne n'en sache rien ?

– Tu aurais pu me faire confiance !

– Ce n'est pas en toi que je n'avais pas confiance. C'était envers tout le reste du monde. Il y a dans Nozophobia de la surveillance partout. Livia ou ta mère t'en ont sûrement parlé.

– J'ai vu les images des caméras, quand j'ai rencontré Rimor Miersk. Je comprends quand tu dis qu'il fallait faire quelque chose. Mais c'est quoi, ton plan ?

– C'est ta sœur, Valek. Et c'est déjà en marche. Je n'avais besoin d'elle que pour quelques heures.

– Qu'est-ce que tu veux dire ? À quoi a-t-elle servi ?

– Attends. Viens avec moi, je vais te montrer.

Béa est partie s'amuser avec deux fillettes d'environ son âge, sous la surveillance de Glarianne. Mon père m'emmène vers son laboratoire. Quand nous entrons dans la bâtisse, l'ambiance est d'un calme qui contraste avec les bruits de la place publique que nous venons de quitter.

– J'avais besoin d'incubateurs pour le développement du traitement, continue mon père, dès que nous avons franchi les portes vitrées d'une salle d'analyse. J'avais déduit qu'il fallait que le traitement croisse dans un corps jeune et en bonne santé. Je ne t'expliquerai pas les détails techniques, mais des enfants m'ont servi de cobayes. Chaque tentative a échoué.

Il saisit une fiole dans ses mains et me montre son contenu jaunâtre.

– Nous avions isolé certaines composantes, mais je réussissais seulement à assurer la sécurité des garçons : la molécule est viable avec le chromosome Y. Je faisais des tests sur les filles quand j'ai dû arrêter mes recherches. Tu imagines, un monde où seules les filles peuvent contracter l'empeste ? Je n'osais pas concevoir quels traitements elles subiraient si elles étaient vues comme plus vulnérables que les garçons.

Il fait une pause, puis reprend :

– Je travaillais pour Alastair, quand j'étais au labo. Le traitement originel de l'empeste avait besoin d'être raffiné, mais le Nakagha a été tué.

– Mais tu as fait quoi ?

– Je devais suspendre les tests. Des fillettes mouraient de mes essais. J'ai fait ce que j'ai pu et ce que je n'avais pas encore testé. J'ai injecté la molécule dans le fœtus qui grandissait dans le ventre de ta mère, car je savais que Rimor arrêterait toute recherche.

– Tu aurais pu tuer ta propre fille !

– Je sais, Valek. C'était une tentative désespérée de cacher la molécule qui pouvait nous protéger de l'empeste. Quand Béa est née, j'avais peur qu'elle meure à la naissance, mais ce ne fut pas le cas. Crois-tu que j'aie réussi à dormir en paix entre le moment de l'injection et de la naissance ? J'étais surveillé. J'ai commencé à préparer mon départ, avec l'aide de ta mère. Livia avait comme mission de s'assurer que ta sœur aille bien. Si jamais Béa était en danger, ta mère et Livia devaient agir.

– Si tu étais intervenu plus tôt, maman serait peut-être encore là !

– Il fallait que je porte tout le blâme. J'espérais trouver l'AILE une fois dehors. Ses membres ne savaient pas si je survivrais longtemps à l'extérieur, malgré toutes mes précautions. Je souhaitais que Béa reste en sécurité dans la Normzone.

– Alors tout ton plan repose depuis longtemps sur Béa ?

Il dépose la fiole qu'il tenait dans ses mains et prend une seringue dans un plat rectangulaire. Elle est remplie d'un liquide clair.

– J'ai analysé le sang de ta sœur. La molécule a survécu. Je l'ai dupliquée et nous faisons des tests. Si la molécule survit encore, nous aurons une façon d'immuniser tous les enfants à naître, garçons comme filles.

Il approche la seringue de la fiole et en perce le bouchon avec l'aiguille. Il injecte la solution transparente dans le liquide jaunâtre. La réaction est instantanée : tout ce qui est jaune change de couleur et, visiblement, la texture devient elle aussi différente.

– Ce que tu vois ici, c'est l'effet de la molécule que

j'ai isolée du sang de ta sœur sur une solution d'empeste à 1 %. C'est efficace pour une petite concentration et c'est préventif si le sang n'est pas encore infecté.

– Tu vas pouvoir protéger les citoyens ?

– Pour les hommes adultes, cela fonctionne à 25 % environ sur les cobayes que j'ai testés : des adultes qui ont déjà reçu le diagnostic d'empeste et qui ont été renvoyés de la Normzone. C'était avant que je puisse utiliser la nouvelle molécule. Pour les femmes, c'est maintenant possible, grâce à Béa. Mais le plus important, c'est que les enfants n'auront plus rien à craindre.

La porte de la pièce s'ouvre brusquement et laisse entrer deux jeunes filles d'une douzaine d'années, suivies d'Évan et de Simane.

Simane a un fusil d'assaut dans les mains.

En nous regardant, elle appuie sur la détente.

Les deux adolescentes s'effondrent.

Évan lève son arme vers nous d'un air menaçant.

## *La violence*

Dans la Normzone, les situations d'affrontement physique entre deux personnes étaient limitées aux entraînements supervisés et n'allaient jamais jusqu'aux blessures graves. Toute bagarre étant passible d'une peine d'emprisonnement, elles étaient rares en dehors des séances, où la pulsion violente devait être contrôlée. On apprenait à comprendre la colère, et la violence qui en résulte, pour pouvoir la canaliser, la dominer et l'utiliser, le cas échéant, en vue de retombées positives.

Maîtriser les émotions fortes pour éviter toute perte de contrôle qui induisait une réaction instinctive, comme la peur, et qui provoquait inévitablement de la violence.

C'était ce qu'on enseignait dans le cadre des camps de préparation aux sélections de Désinfecteurs. Pendant leur formation préliminaire, les aspirants étaient soumis à différents tirs non mortels de la part des armes utilisées par les forces de l'ordre pour qu'ils connaissent les effets des tirs paralysants, par exemple.

Cependant, personne dans Nozophobia ne possédait d'armes, mis à part les Désinfecteurs. La possession d'armes blanches était aussi interdite : personne ne pouvait fabriquer, encore moins utiliser, quelque arme tranchante ou pointue permettant d'infliger des blessures.

D'après la philosophie de Miersk, la violence a tendance à naître naturellement lorsque des humains se côtoient, car la violence est une manière d'établir la domination des forts sur les faibles. Miersk prônait l'idée que la vie en société était possible sans violence à condition qu'un vecteur de contrôle plus grand fût en action.

Dans le cas de Nozophobia, c'est la peur de la maladie, plus particulièrement celle de l'empeste, qui poussait les citoyens à contenir leurs pulsions violentes, car l'expression de la violence mettait en action des mécanismes hormonaux qui favorisaient le développement de l'infection.

VM

# 38

Évan et Simane s'avancent vers nous. Je sens mon cœur battre à toute vitesse. Simane vient de tirer de sang-froid sur deux filles à peine plus jeunes que nous. Évan pointe toujours son arme sur nous.

– Évan, qu'est-ce que tu fais ?

Son arme tremble dans son poing alors qu'il me regarde.

– J'accomplis ma mission, Valek.

– Ta mission ?

– Celle qu'on m'a confiée quand j'étais déjà tout petit. Quand mes parents ont été amenés. Tu te souviens de ce moment ?

– Mais de quoi parles-tu ?

Son regard est halluciné, comme si mon ami se trouvait dans un état second. Simane, derrière lui, est beaucoup plus calme. Elle paraît déterminée. Elle garde les lèvres pincées, et son arme ne tremble pas.

– Simane ? Explique-moi ce qui ne va pas ?

Mon père fait un pas de côté et l'arme d'Évan cesse

de trembloter en se déplaçant vers lui, tandis que Simane reste concentrée sur moi.

– Un jour, nos parents ont été amenés pour cause d'empeste, dit Simane. Nous avons été placés à l'orphelinat, mais avant qu'on nous y conduise, on nous a mis en quarantaine. Et là, un homme que nous ne pensions jamais rencontrer s'est présenté.

– Le Nakagha, ajoute Évan. Il était là, devant nous. Et il nous a donné une mission…

– Te surveiller et te suivre pour coincer ton père, reprend Simane. Maintenant, nos parents seront libérés et nous retrouverons une vie normale.

– En sécurité, renchérit Évan.

Mon père sourit et je ne comprends pas pourquoi. Il semble ravi d'entendre cette révélation alors que moi, je panique. Je n'aime pas qu'on pointe une arme sur moi. Je ne prends pas la situation à la légère.

– Vous pensez vraiment que le Nakagha a respecté sa parole ? Que vos parents sont toujours vivants ? Ce n'est pas sa manière de faire.

Je vois un doute se glisser dans le regard d'Évan, mais Simane reste stoïque.

– Je sais que tu n'es pas malade, Simane. Tu n'as jamais eu aucun symptôme. Le Nakagha ne devait pas savoir que nous étions équipés pour mener des tests aussi complets que dans Nozophobia. C'était un plan pour faire bouger Valek. Rimor s'impatientait. Je le connais, ce Miersk. Il avait besoin de retrouver le contrôle quand il a vu que l'AILE était toujours vivante.

Je ne peux quitter Évan et Simane des yeux. Je leur ai fait confiance. Ils étaient mes amis. Je n'ai reculé devant rien pour les aider.

– Quand Valek m'a expliqué les circonstances de votre arrivée ici, j'ai compris que ce n'était pas un hasard que Simane soit tout à coup Déréglée la nuit même où Violette s'est fait arrêter. Ce genre de coïncidence n'existe pas. Pas dans Nozophobia, où tout est pensé, évalué, mesuré.

Évan tremble, mais Simane, elle, ne bronche toujours pas.

– Simane ? Qu'est-ce qu'on fait ?

– Il faut continuer. Il ment. Le Nakagha nous avait dit qu'il mentirait.

– Je ne mens pas. En ce moment même, le traitement préventif contre l'empeste est distribué dans les bouillies de tout le monde. Béa était un incubateur. Avec son sang, j'ai pu lancer la production. Le taux de succès ne sera pas parfait, mais les citoyens eux-mêmes voudront quitter Nozophobia quand on leur dira qu'ils n'ont plus à craindre l'empeste. C'est la volonté d'Isidor Miersk. Les pages de son journal, que j'ai subtilisé au musée, seront publiées, ces pages où il dit souhaiter que nous sortions.

– Le Nakagha ne vous laissera pas faire. Nous ne vous laisserons pas faire, dit Simane.

Elle semble sur le point de céder à la panique. Elle a parlé avec moins d'assurance, comme si elle n'était plus certaine de ses convictions.

– Baissez vos armes, ajoute mon père. Acceptez l'inévitable. C'est terminé.

Évan l'écoute, je le constate à son regard qui change. Il comprend que mon père a raison.

– Simane, je vois bien que tu refuses la vérité. Tu crois que Rimor Miersk t'a promis une situation dont tu as rêvé toute ta vie. Crois-tu réellement que tes parents étaient Empestés ? C'est le Nakagha qui préparait le terrain. Il a toujours des plans, il essaie de prévoir des dizaines d'options différentes. Il savait déjà que je faisais partie de l'AILE et que nous organisions la fin de Nozophobia. Je ne pense pas que vos parents aient été infectés.

Je remarque que la volonté de Simane vacille.

Évan dépose son arme et s'approche de sa sœur :

– Simane, je crois qu'ils ont raison. Le Nakagha nous manipule depuis le début.

– Évan, qu'est-ce que tu fais ? Si on veut les revoir…

– C'est fini, Simane, murmure son frère. On était les amis de Valek avant que nos parents quittent Nozophobia. Au fond de toi, tu penses qu'ils sont enfermés quelque part depuis si longtemps et qu'ils attendent ? Je n'y crois plus, Simane.

Elle semble nerveuse, de plus en plus. Sa main tremble, l'arme tressaute.

Évan fait un pas vers elle.

Simane a un mouvement de recul.

Elle fait feu.

# 39

La réaction de mon père est instantanée. Il s'élance vers Simane, qui a baissé son arme et qui est tombée à genoux, près de son frère. De son pied, il frappe l'arme, qui glisse plus loin, et plaque Simane au sol.

L'instant suivant, deux hommes armés jaillissent dans la pièce et mettent Simane en joue.

– Docteur Mongeau ?

– Tout va bien. Arrêtez-la.

Il se relève et se tourne vers Évan. Il l'examine rapidement.

– Lui aussi. Amenez-les en cellule.

Je me sens étourdi. Tout se passe trop vite. Je m'accroupis par terre.

Mon père s'approche de moi. Je regarde mes amis sans savoir quoi penser d'eux. Ils étaient des espions. Je leur ai fait confiance. Ils étaient mes meilleurs amis, pas de simples connaissances.

Je leur ai confié mes peines, mes frustrations ; eux, ils analysaient mes humeurs pour tenter de saisir un indice sur l'AILE.

Mon père s'assoit près de moi, pendant que Simane se fait passer les menottes par les deux gardes, sans protester.

– Je suis désolé, Valek, dit mon père.

Simane me fixe des yeux sans broncher. Je hoche la tête tellement j'ai peine à croire que tout cela est vrai.

Les gardes escortent Simane, puis d'autres entrent pour transporter Évan, toujours inconscient.

– Viens, Valek. Ça ne sert à rien de rester ici.

– Où les gardes les amènent-ils ?

– Il y a un ancien poste de police ici. Et on y trouve des cellules. Il y avait des contrevenants à l'époque de la création de Nozophobia, et tous les équipements sont toujours fonctionnels.

– Et que va-t-on faire d'eux ?

– On verra. Nous avons convaincu Évan. Simane devrait parvenir à entendre raison. Pour l'instant, j'ai besoin de toi.

– Pourquoi ?

– Je venais te chercher parce que c'est l'heure de marcher.

– Marcher ?

– Nous devons nous rendre à Nozophobia.

– Pourquoi ?

Il me scrute un moment, avant de dire :

– Le Nakagha se battra. Il utilisera les Désinfecteurs. Mais le peuple, mon fils, est la véritable force. Les gens n'auront plus peur d'être malades. Ils sortiront des murs de Nozophobia, mais en étant conscients des erreurs de leurs ancêtres. Il faut éviter la guerre, éviter les morts.

Nous quittons le laboratoire et, dehors, une immense foule est rassemblée.

– Tu vois tous ces gens ? Ils ont des amis, de la famille dans Nozophobia.

Je ne sais pas combien ils sont, mais la foule est impressionnante.

– Tu as ici tous ceux que j'ai pu aider depuis que je suis dehors. Ceux qui étaient malades et que j'ai pu traiter. C'est sans compter les Empestés intraitables qui sont contrôlables.

– Comme quand je t'ai vu au Miersk Museum ?

– Exactement.

Il me fait un grand sourire. Nous avançons pour monter sur l'estrade, devant la grande place publique. Mon père s'empare du micro placé sur un lutrin :

– Mes amis, l'heure est venue. Nous marcherons jusqu'à la Dézone pour une rencontre avec les chefs de clans, qui ont accepté de nous écouter. Vous resterez dans la forêt jusqu'à ce que nous ayons accès à l'intérieur. J'ai bon espoir que ça fonctionnera, sinon le nombre de nos Empestés parlera pour nous.

La foule applaudit à tout rompre. Il y a une énergie d'une puissance exceptionnelle dans ce mouvement concerté.

Je n'ai jamais ressenti autant d'unité dans une foule. Mon père lève une main et la foule redevient attentive :

– Ensuite, nous envahirons subtilement la Normzone, selon le plan. Quand vous apercevrez le signal provenant de l'Agrégateur, vous déroulerez les bannières. Le mouvement peut commencer !

L'élan de la foule est uniforme. Tous les gens se tournent vers la sortie de la vallée, direction Nozophobia.

Je lance un regard interrogatif à mon père :

– Les bannières ?

– Nous avons recopié des extraits du journal d'Isidor Miersk que nous allons dérouler sur les façades des bâtiments de tous les quartiers. Je crois que le fait de revoir des connaissances disparues depuis longtemps, et qui sont en pleine forme, suffira à convaincre des gens du bien-fondé de notre démarche. Des Norms qui comprendront que l'extérieur est sûr et que c'est notre destinée de l'occuper. Le journal en convaincra d'autres et, bientôt, nous serons assez nombreux pour nous assurer que Rimor ne pourra pas empêcher la réforme.

Nous descendons de l'estrade et Béa se lance vers nous. Je la prends dans mes bras et je la serre contre moi. Elle répond à mon étreinte, et les bras de mon père nous enlacent.

Tout ce que j'ai vécu dans les derniers jours me fait voir à quel point il faut que nous changions tous de vie. J'espère que, si moi je l'ai compris, d'autres adhéreront à cette idée sans recourir à la violence.

J'ai l'impression que la fin de Nozophobia est en fait le début d'un monde nouveau…

[...] *Depuis longtemps, j'avais prévu de créer une société autosuffisante dans une vallée de la chaîne de montagnes laurentienne. J'avais l'argent pour appuyer le projet et les connaissances techniques pour que ma philosophie puisse devenir un mode de vie.*

*Le but premier n'était pas d'être isolé de tous ni de sauver l'humanité. J'avais besoin de contrôler les risques d'infection, des risques de maladies qui pouvaient me toucher ou atteindre ma descendance.*

*Pour y être admis, les gens devaient répondre à des critères bien définis :*

*– disposer d'un panel génétique exempt de tares héréditaires ;*

*– être en bonne santé physique et mentale ;*

*– avoir un quotient intellectuel dans le 96e percentile ou plus.*

*Voilà les fondements de Nozophobia.*

*[...] Quand la Troisième Guerre a éclaté, ma société de rêve est devenue une arche pour une poignée d'élus. Nous avons multiplié par cent le nombre de personnes que nous allions recevoir.*

*Si Nozophobia allait devenir l'une des arches pour que l'humanité survive, comme une dizaine d'autres cités sélectionnées dans le monde qui s'en était inspiré, il devait y avoir un second volet à cet isolement.*

*Il fallait qu'un jour, quand la survie serait possible à l'extérieur, les citoyens puissent sortir de la ville. Dès les premiers cas d'empeste, j'ai colligé toutes les informations disponibles. J'ai transformé une partie du projet initial pour favoriser la recherche d'un traitement pour l'empeste ainsi que d'un vaccin, pour m'assurer que les générations futures puissent survivre.*

*Afin que les descendants de mes descendants puissent, un jour, fouler le sol extérieur sans craindre de tomber malades et reprendre contact avec les autres arches...*

*Extrait du journal d'Isidor Miersk*

# ÉPILOGUE

Malgré les événements survenus au cours des cinq dernières années, j'aime toujours sentir le soleil sur ma peau. J'aime respirer l'air frais qui n'a pas été filtré et recyclé par les machines.

Depuis que les murs sont tombés, Nozophobia n'est plus une société fermée. Nous avons repris possession du territoire qui l'entoure. Il y a eu des retrouvailles entre les gens secourus par mon père et leurs familles.

Tout ne s'est pas fait sans accroc. Il y a eu plusieurs victimes. Ma mère a fait partie du lot. L'affrontement avec Miersk et les Désinfecteurs qui lui étaient fidèles a été difficile.

Les citoyens ont eu la force du nombre pour s'en sortir.

Je regarde au loin. L'Agrégateur est toujours là, solide comme le roc, même si le champ de force n'est plus actif.

Presque tous les citoyens ont accepté de quitter leur ancienne vie, comme Évan, Simane et moi. Ceux qui ont refusé la révolution sont dans la grande tour, à respirer de l'air recyclé, à manger de la bouillie calibrée et à s'injecter des antibiotiques tous les jours.

Rimor Miersk est parmi eux. Il observe le monde changer, sans y prendre part.

Le Nakagha peut bien rester enfermé s'il le veut. Le Gouvernement Libre dirige maintenant notre société.

Je termine d'écrire mes chroniques sur Nozophobia afin de laisser un témoignage de cette ville pour les générations futures.

Pendant quinze ans, j'ai été enfermé dans une cité austère.

Aujourd'hui, je profite de ma liberté et du monde extérieur.

Et plus jamais je ne me cacherai derrière des murs.

# REMERCIEMENTS

Merci à l'équipe de Bayard Canada, en particulier à Thomas Campbell, de m'avoir donné le défi d'écrire un roman à partir des idées esquissées dans la nouvelle « Bienvenue à Nozophobia », publiée dans le recueil *13 peurs*.

Merci à Daniel Sernine et Denis Côté, deux de mes idoles de jeunesse, d'avoir stimulé, par leurs romans, l'imagination d'un futur écrivain solitaire.

Merci tout spécial à Gabrielle, ma complice de toujours, qui m'a suivi dans ce projet malgré mes hésitations et mes découragements.

Merci à mes deux merveilles, Rosanne et Hubert, de me pousser à aller toujours plus loin.

Et surtout, merci aux lecteurs, tant ceux qui me suivent depuis dix ans que ceux qui me découvrent avec ce roman. Sans vous, rien de ceci n'existerait.

MARC-ANDRÉ PILON
INFECTÉS
1
Kennes
RC-ANDRÉ PILON
FECTÉS
2
Kennes